徳間文庫

法の雨

下村敦史

徳間書店

プロローグ

法廷が足元から瓦解《がかい》していくような衝撃だった。想定していた判決なのに、いざ言い渡されると、目の前が真っ暗になり、心臓が凍りついた。

不運だ――。

大神《おおがみ》 護《まもる》は茫然《ぼうぜん》自失《じしつ》となったまま、裁判長の判決理由を聞いていた。

人生は終わりだ。

大神は目いっぱいの憎悪を込め、裁判長を睨みつけた。

当の裁判長は敵意の眼差しに一瞥《いちべつ》もくれず、判決理由を読み上げ続けていた。

「以下、事実経過の概要と争点を述べます。関係証拠によると、被告人は――し、被害者の――あり、――した。しかしながら――」

裁判長の声は耳を素通りしていく。

畜生《ちくしょう》――。

関係者の証言の数々は信憑性《しんぴょうせい》が不充分とみなされ、一審で裁判員たちが判決の決定打とした物証すら否定されてしまった。

大神は深呼吸すると、裁判長の判決理由に耳を傾けた。

「――検察官は、『被害者女性は被告人に性交を強制された。ホテルに入ったのは、人事査定の権限を持つ直接の上司である被告人に逆らえず、仕方がなかった』と主張し、被害者女性もそのように証言している。これに対して弁護人は、『査定の時期が近づいてきたときに誘いかけてきたのは彼女であり、彼女とは同意のもとでホテルに行っている。被害を訴えたのは昇進が叶わなかったからである』と主張しており、被告人もそのように証言している。被害者女性の法廷での証言は二転三転しており、曖《あい》昧《まい》かつ不正確である」

裁判長は検察側の立証不足を次々に語っていく。

逆転無罪――。

一審の有罪判決が高裁で引っくり返った。

――被告人は無罪。

眩暈《めまい》がした。胃の中に氷を大量に詰め込まれたかのようだ。検察官にとっては死刑に等しい発言が頭の中でぐるぐる回っている。

判決理由によると、二人が連れ立ってホテルに入る映像が防犯カメラに残っていたことや、被害届の提出が社内の昇進レースの結果後――一ヵ月半後――だったことを重要視していた。

一審の有罪判決では、昇進を盾にした脅迫によって嫌々ホテルに連れ込まれた可能性は否定できないとし――表情が映っていない防犯カメラの映像では、被害者女性の心情は読み取れない――、昇進の結果が出るまで彼女が沈黙していたのも、その時点で告発すれば昇進の可能性がなくなる、という不安と恐怖があった、という彼女の言い分を信じた形だった。

しかし、高等裁判所ではそれが全て否定された。

弁護人は勝ち誇った表情を隠し切れていない。

体内で熱湯のような憤激が渦巻き、あふれ出んとする感情を鎮めるのが難しかった。

起訴した事件に有罪判決を出すのが裁判官の仕事ではないか。

正義を否定するのか。

被害者の痛みはどうなる?

口から飛び出しそうになった非難だけは、辛《かろ》うじて自制した。

「――被害者の女性に人事査定で有利になろうとする打算がなかったとは言い切れない。警察の捜査には手落ちがあったと言わざるを得ず、疑わしきは罰せずの理念に則《のっと》れば、無罪が妥当である」

何が『疑わしきは罰せず』だと呆れ返る。警察と検察が積み上げた証拠の一つ一つに難癖をつけ、揚げ足を取り、結論ありきで疑ってかかっただけではないか。

警察は確信を持って逮捕し、検察は絶対をもって起訴した。一審の裁判員裁判では有罪判決が出た。懲役は六年。被告人側は不服として控訴したが、判決が覆る可能性はなかった。

〝無罪病判事〟に当たるまでは――。

閉廷すると、大神は歯噛《はが》みしたまま高等裁判所を出た。打ちひしがれた心に追い打ちをかけるように、肌を切るような風が吹き荒《すさ》んでいる。コートを羽織っていても容赦のない寒さだ。

眼前にそびえる高等検察庁にすぐ戻る気になれず、寒風に打ちのめされるまましばらく立ち尽くしていた。

「よう」

後ろから声を掛けられ、大神は振り返った。立っていたのは同期の久保山《くぼやま》だった。

恰幅《かっぷく》がよく、スーツがはち切れそうになっている。一見温厚そうな顔立ちだが、激情家の顔を隠している。狡猾《こうかつ》な被告人を法廷で怒鳴りつけ、裁判官から注意されること数知れず――。

大神は軽く苦笑で応じた。

「ずいぶん景気が悪い顔してんな。まさか、また――？」

「……やられた」

「そうか……」久保山が同情たっぷりに言った。「不運だったな」

「〝無罪病判事〟め」

検察官は担当の部署が決まっているため、法廷では同じ裁判官と何度も顔を合わせる。そのせいで立て続けに逆転無罪判決を受けた。

「もう何件だ？」

久保山が訊く。

「俺がって意味なら、三回目だ」

検察が起訴した事件の有罪率は、九十九・七パーセントに近い。それは検察官の矜持《きょうじ》にもなっている。一人が無罪判決を受ければ、全体の有罪率が下がる。だからこそ、検察庁内で〝三度無罪判決を受けた検察官はクビになる〟とまことしやかに囁《ささや》かれていた。

「あの判事のほうだよ」久保山が言った。「たしか十件を超えていたよな」

「……十四件だ。今回の俺の判決を含めたら十五件だな」

逆転無罪は日本全国でも年間二十件程度。割合で言えば〇・三パーセントだ。それなのに、一人で十五件も無罪判決を出している。今年は逆転無罪の件数がトータルで四十件を超えるのではないか。

異常としか言いようがない。

「何なんだろうな、一体」久保山は顰《しか》めっ面《つら》で吐き捨てた。

「俺が訊きたい。出世がもう頭打ちだからか、来年で退官だからか、好き放題しやがって……」

「百パーセントを求めすぎなんだよな」

「絶対的な証拠を提示しないと、全部、疑わしい、疑わしい、疑わしい、だ」

逆転無罪判決が出ると、最高裁に上告するかどうか、高等検察庁の公判部で緊急会議が開かれる。担当検察官として次席と検事長から叱責を受けねばならない。

地方裁判所の判決を不服として行う高等裁判所への控訴と違い、最高裁判所への上告は、原則として、憲法違反か判例違反、憲法の解釈の誤りがなくてはならない。今回、残念ながらそのようなものはなかった。

　上告審では、職権破棄事由――著しい量刑不当や、判決に影響を及ぼす重大な事実誤認――があれば控訴審判決を取り消せるため、それを訴える手もなくはないが……。

　しかし、仮に上告が通ったとしても、今回の判決が再度引っくり返る可能性は低いだろう。

　おそらくこのまま逆転無罪が確定する。

　寒風が吹きつけると、久保山はコートの襟を掻《か》き合わせ、身震いした。嘆息と共に言う。

「俺も他人事《ひとごと》じゃないしな」

　検察庁全体が一人の裁判官にぴりぴりしている。

　久保山は目を伏せ、承服しかねるようにかぶりを振った。

「お前は先週の覚せい剤事案でもやられたもんな」

「ああ」大神はうなずいた。「無罪、無罪、無罪――。高検を翻弄《ほんろう》して楽しんでいるのかと邪推したくなる」

　覚せい剤三百グラムを所持していた女性にも、逆転無罪判決を出した。弁護側の証言や証拠を採用し、最終的には『中身を知らず恋人から預かっただけ』という言い分を信じた形だ。

「まあ、地検の担当検事のほうが悲惨だろうけどな」

久保山の言うとおりだ。自分が起訴した事件が高裁で引っくり返れば、地検で針のむしろだろう。高裁の検察官は、地検の検察官が提出した証拠に基づいて闘うからまだましだ。

だが、今の自分に他人の辛苦を思いやっている精神的余裕はない。

「まったく、さっさとご退場願えないもんかね」ため息が漏れる。「俺はこれから雷を落とされに行くよ」

「ご愁傷様」

大神は乾いた笑いを返すのが精いっぱいだった。

高等検察庁に戻ると、急遽《きゅうきょ》――と言っても、〝無罪病判事〟の法廷という時点で無罪判決は想定内だったらしく、今では慌ただしさや混乱はない――、会議が開かれた。

しかし、槍玉《やりだま》に挙げられる当人にとっては、屈辱と惨めさを味わわされる公開処刑の場であることは間違いない。

断頭台に上る心境で会議に出ると、徹底的な追及と非難を受けた。次席と検事長から浴びせられる叱責は辛辣《しんらつ》極まりなく、自分が落ちこぼれの三流検事に思えてくる。

ただひたすら頭《こうべ》を垂れ、怒りが通り過ぎるのを待つ時間は苦痛だった。

従来なら間違いなく一審判決が支持され、有罪判決が出る事件でも、〝無罪病判事〟の法廷では証拠不充分や証言の些細《ささい》な不確かさを理由に無罪判決が出る。

なぜ自分が責められなければならないのか。

理不尽ではないか、と反発が首をもたげてくる。だが、決して反論は許されない。

忍耐の二文字だ。

その日のうちに判決批判の記事がニュースサイトなどに掲載された。

『非常識な無罪判決　被害者の無念』

『〝絶対に許せない判決です〟被害者の悲痛な声』

『裁判所は加害者の味方か　性犯罪者を逃がす司法』

記事では判決理由の一部が抜き出されており、『「被害者の女性に人事査定で有利になろうとする打算がなかったとは言い切れない」と裁判長は語った』と書かれている。

報道を受け、ＳＮＳではジャーナリストや学者、作家などの著名人が怒りの声を上げた。こんな狂った判決が出る日本の司法を苛烈《かれつ》に批判している。

だが、その程度では何の慰めにもならなかった。

結局、公判部で検討に検討が重ねられた結果、最高裁判所への上告は難しいとの判断で断念せざるをえなかった。これで検察官人生、三度目の無罪判決が確定したのだった。

拭い去れない汚点が残った。これで出世の見込みは消えただろう。出世を人生の目的にしていたわけではないものの、虚無感に襲われたのは事実だ。


次に〝無罪病判事〟の法廷に立ったのは、病院内で発生した殺人事件だった。看護師の青年が患者を殺害したのだ。被害者は――関東でも有数の暴力団、松金《まつがね》組組長の松金大治《だいじ》。厳戒態勢のもとで行われた一審は、傍聴席を組員が埋めたと聞いている。

被告人の水島勇作《みずしまゆうさく》側は無罪を訴えて争ったものの、検察は証言や物証を積み上げ、有罪判決をもぎ取った。当然、弁護側は控訴した。

大神は気合を入れて高等裁判所へ向かった。

法廷に入る直前、被告人側弁護士と相対した。まだまだきらびやかな弁護士バッジ――ベテランはくすんだ色合いになる――が胸に光る若手弁護士だった。六法全書の熟読より身だしなみの研究に余念がなさそうなタイプだ。

「必ず無罪をもぎ取りますよ、僕は」

法廷慣れした弁護士なら、対立している検察官相手だとしても無用な挑発はしない。

以前なら、若いな、と一笑に付しただろう。冷めた一瞥をくれてやり、歯牙《しが》にもかけなかった。だが、今の自分にそのような余裕はなかった。

「……思い上がるなよ」

敬語も忘れた。

「結果は君のお手柄じゃない」

――とち狂った〝無罪病判事〟の暴走だ。

〝無罪病判事〟に当たった弁護士と被告人は、大喜びだという。普通なら〇・三パーセントの無罪判決が五分五分のチャンスになるからだ。

大神は若手弁護士に背を向け、先に法廷に入った。

控訴審では、一審のように証人質問を行ったり、証拠調べを行うことは少ない。一審の審理記録を精査し、事実認定や法令の解釈に誤りがないかどうか、検察官と弁護人が意見を述べ合うのだ。必要と見なされれば、証人を改めて出廷させ、尋問を行う。

大神は苦悩した。

一体どうすればいいのか。

通常の場合、高裁で逆転無罪が出されるということは、地検の検察官の立証が不充分だったとも言える。

だが――。

〝無罪病判事〟の前では事情が違う。なぜなら、従来であれば問題なく有罪をもぎ取れる立証を行っていても、不充分のそしりを受けるからだ。

警察官や地検をせっついても、有罪判決のための新証拠が出てくることはない。そんなものがあれば一審で提出しているだろう。

有罪の根拠となった証言や証拠に難癖をつけられるのだから、検察側としても打つ手がない。

大神は、弁護人の主張に聞き入っている〝無罪病判事〟を睨みつけた。

従来、検察側に求められているのは、合理的な疑いを残さない程度に罪を証明すること、だ。

疑わしきは罰せず、という綺麗事を馬鹿正直に遵守してしまったら――検察側に完璧で無欠な立証を要求されたら、犯罪者が次々と罪を免れる。

大神は歯軋《はぎし》りした。歯が折れそうだ。

『十人の真犯人を逃がしたとしても、一人の無辜《むこ》を罰するなかれ』

刑事裁判における法格言だが、非現実的な理想論だと思っている。百パーセントの証明ができないかぎり無罪にしなければならないとしたら、十人どころか、百人、二百人の犯罪者が野放しになる。

理想に取《と》り憑《つ》かれた者たちはそれを理解していない。実際に殺人犯や性犯罪者が罪を免れたら憤り、『被害者や遺族の苦しみを知れ！』と警察や検察批判の怒声を上げるくせに――。

弁護側証人が現れた。

証言席に座ったのは、気管支喘息《ぜんそく》を患っており、当病院で入院生活を送っている十歳の少女だった。

彼女は黄色のカットソーワンピースを着ていた。左胸に黄色いクローバーのワッペン。肩から下げているセミショルダーバッグは、新品同然の輝きを放っていた。健康な子供のように遊び回れない分、両親が精いっぱいのことをしているのだろう。

隣に母親が付き添っている。

付き添いは、刑事訴訟法第一五七条の四により、証人の病歴を考慮して弁護側と検察側が了承し、裁判所が認めていた。

一審での証言内容に納得できない弁護側が改めて証人尋問を求めた。検察側としては少女の病気を理由に反対したものの、〝無罪病判事〟は『証言に不審点があるなら明らかにせねばならない』として申請を認めた。

思わず舌打ちしたくなる。
裁判員裁判だった一審では――暴力団絡みの裁判全てが裁判員制度対象外となるわけではない――、選ばれた市民たちに有罪だと信じてもらう必要性があり、地検公判部の担当検事は法廷尋問術を駆使して印象付けを行った。法廷記録を読み込み、担当検事本人からも詳細を聞き出している。

「分からないことは分からないって言っていいからね」

地裁の担当検事が優しい声音を作って語りかけると、少女は小さく「はい」とうなずいた。

公判前に練習し、教え込んだやり取りだった。正直にありのままの事実を話している、と印象付ける手法だ。

「十二月十二日の夜だけどね、つまり、患者さんが殺された日の夜だ。覚えているね?」

「うん――」少女は「あっ」と声を上げて母親を見やり、「はい」と言い直した。

「夜、何をしていたかな?」

「う―んとね、廊下を歩いてました。退屈だったから」

「一〇八号室の前を通った？」

「はい。病室の窓を覗《のぞ》きました」

証言の練習のしすぎが空回りしたらしく、少女は先走って答えた。だが、検察官としては動揺を見せず、尋問を続けた。

「君は何かを見た？」

「白衣を着た看護師さんがいました」

「顔は見た？」

「見ました」

「他に何か覚えていることはある？」

「ベッドで寝ている患者さんの顔に枕を押し当てていました。はあはあ、って息をしながら」

法廷に小さなどよめきが上がった。裁判員たちは、十歳の少女が殺人の目撃者になったのか、と興味を引かれたらしい。証言席を見つめる視線に真剣味が増している。

担当検事は悠然と廷内を見回し、「この中にその看護師さんはいるかな？」と訊いた。

「異議あり」若手弁護士が言った。「誘導尋問です。法廷内に看護師は一人しかいません」

「言い換えます。その病室で見た人はここにいるかな？」

少女は「はい」と大きくうなずき、弁護人席に体を向けた。母親が、大丈夫だからね、ママがついているわ、という眼差しで娘を見つめる。

「……あの人です」

ワンピースから覗く白い腕が上がり、被告人を指差した。

有罪を確信した瞬間だった。反対尋問で崩すのは難しいだろう。下手すれば幼い少女をいじめているように映る。

「彼はどんな顔だった？」

「こわい顔」

「……鬼みたいな顔だった？」

「異議あり」若手弁護士は手を挙げた。「検察官が彼女の口に表現を当てはめようとしています」

裁判長が『反論を聞こう』という眼差しで、担当検事を一瞥した。

「言い換えます」担当検事は少女を見た。「彼の顔を見てどんな印象を持ったかな？」

証人に意見を訊くのは異議の対象だ。だが、若手弁護士は何も言わなかった。何度も少女の証言を邪魔したら心証が悪くなると危惧したのか。

少女は答えた。

「鬼みたいにこわい顔だと思いました」

大神は主尋問を行った。一審の公判担当検事が引き出した内容を繰り返しても、無意味だと分かっている。一般市民が務める裁判員相手だからこそ、尋問術を駆使した、劇場のような法廷劇による〝印象付け〟が重要になるのであって、従来のプロの裁判官相手では通用しない。

小細工はせず、事実を重視した。

主尋問が終わると、弁護側の反対尋問がはじまる。

若手弁護士が少女を見つめた。彼女の両拳は証言台の上で固められている。防衛の構えだった。公判の前に弁護士への警戒心を植えつけてある。

「立派なバッグだね」若手弁護士は少女のセミショルダーバッグを見ながら言った。

「綺麗で格好いい」

持ち物を褒められるとは予想外だったのだろう。少女の顔が明るくなった。

「去年、サンタさんがくれました」

最近の早熟な子供たちは、小学校高学年になるとサンタの正体に気づくものだが、彼女は病院生活が長いから、十二月二十四日の夜中に両親の愛情が忍び足でやって来ることを知らないのだろう。患者たちは常に希望を求めるものだから。

「それにしても退屈だろうね、病院の生活は。僕も子供のころに入院したことがあってね」若手弁護士はほほ笑みかけた。「胃の病気だったんだけど、友達と遊べないことが苦痛だった」

「あたしも遊びたい」再び「あっ」と声を上げる。「です」

「いいよ、普段どおりで。友達同士みたいに喋《しゃべ》ろう」

若手弁護士が笑いかけると、少女はにっこり笑顔を見せた。意外にも子供の扱いがうまい。

「入院生活は長いよね」

若手弁護士は柔らかい声音で水島看護師が好きか尋ねた。

「嫌い」

「なぜ?」

「悪い人だから」

「なぜ悪い人なの?」

「そう言われたから」

「誰に？」

少女は検察官席を指差した。大神は自分が指し示されても、取り澄ました顔を作ったまま座っていた。自陣の証人と証言のシミュレーションをしたり、自分たちに有利な内容を教え込んだりするのは、珍しいことではない。検察側も弁護側も行っている。

「あの人に悪い人だって言われたんだね。君は悪い人だと思う？」

少女は悩んだ顔をした。

「じゃあ質問を変えよう。水島看護師は君に優しかった？」

「優しかったよ。点滴を引いて歩いてたら、手伝ってくれたもん。病室まで連れて行ってくれたの」

「悪い人だと思う？」

少女はかぶりを振った。

大神は舌を鳴らした。一介の証人の感想にすぎないとはいえ、主尋問で獲得した証言を引っくり返された。審理の流れが変わらなければいいが……。

「ありがとう。一〇八号室で人を見たのは何時ごろだった？」

「夜の十時十五分」

「記憶力がいいんだね。男の人だった？」

「うん」

「背は高かった？」

「うん。ママよりも高いくらいかな」

「社会や理科は得意？」

「え？　うーんと、算数のほうが好き。社会も理科も嫌い——あっ、でも昆虫の自由研究を褒めてくれたタッチ先生は好き！」

少女はそれが重要事であるかのように付け足した。

「水島看護師のことはよく知ってるのかな？　つまり、顔を見間違えないかどうか、ってことなんだけど」

「間違わないよ。毎日見てるもん」

「水島看護師はどんな喋り方をするのかな？」

「……普通の喋り方だよ。優しい感じ」

「十時十五分に病室で人を見たとき、その人の服装は黒か茶色か、どっちだったかな？」

「……ええと、黒？」

「黒か」若手弁護士は怪訝《けげん》そうな声で訊いた。「でも、白衣を着てたって言わなかった？」

「あっ、白衣。そう、白衣を着てた。だから白い服」

「本当に？」

「え？」

「間違いないかなあ？」

少女は困惑げに目を泳がせた。

計算し尽くした尋問だろうか。

事件の細部について訊いている途中で一般的な質問を挟むと、注意が拡散され、記憶想起が妨げられる。

年表を記憶から引き出している最中に数学の計算を求めるようなものだ。本来は目撃者から話を聞くときに〝してはいけない質問の仕方〟なのだが、若手弁護士は少女の混乱を作り出すために悪用した。視覚的な事柄を訊いている中で聴覚的な事柄を訊くのも、記憶の想起を妨害するのに効果的だ。

今、少女の頭の中は複数の情報と映像が入り混じり、トランプをぶちまけたような状態になっているだろう。

「でも、白衣だったような……」しぼんだ風船みたいな声だった。

「うーん、そうかなあ、本当にそう？」

「そう言われたら……」

「白衣ねえ。間違いなく？」

「やっぱり黒色だったかも」

「黒色！　うんうん、そうだよね。黒色だよね」

少女は顔を輝かせ、「黒色だった！」と自信満々で答えた。

「異議あり」大神は我慢できずに手を挙げた。「有罪を無罪に、白を黒に。弁護人の熱心な仕事ぶりには辟易《へきえき》します」

「白を黒にするのが得意なのは警察では？」

「話になりませんね。裁判長、注意を。強引すぎます。少女に無理やり思いどおりの証言を述べさせています」

「すみません。謝ります」若手弁護士は頭を下げた。「察しがいい彼女があまりに誘導どおりに答えてくれるものだから、ついつい調子に乗ってしまいました」肩をすくめる。「利口な少女から調書をとるのは容易だったでしょうね、捜査官も、検察官も」

「異議あり！」

御しがたい感情と共に声を上げたときだった。少女が胸を押さえ、ゼーゼーと喘《あえ》ぎはじめた。気管支に鉛玉でも詰まっているような呼吸音だった。抗議の剣幕が原因か、口論が原因か。自分のせいで喧嘩《けんか》になったと誤解したのかもしれない。

大神が「吸入器は？」と駆け寄るより早く母親が動いていた。少女のセミショルダーバッグを開ける。少女は自分で定量噴霧式吸入器《ハンドネブライザー》を取り出した。補助具《スペーサー》をはめようとするも、上体を折り曲げて咳き込み、落とした。透明の筒が転がってくる。

大神はそれを拾い上げると、少女に駆け寄り、咥《くわ》えさせた。彼女は軽く嚙むようにして二回吸入した。

家族ではなく法を守る、という信念で犯罪者と闘ってきた。妻子もおらず、子供の扱いは分からないが、母が喘息持ちだから対処法だけは分かる。

気管支拡張剤の効果は数分で現れた。引き攣《つ》るような呼吸音はしだいに収まり、上体を上下させる回数も減っていく。

少女が落ち着きを取り戻すと、若手弁護士は気遣いながら反対尋問を再開した。

「事件の日は何月何日だっけ？」

「事件の日はね……十二月十二日」

少女の答えは正確だった。

「偉いね。どうやって覚えてるの？」

「一二、一二」

「一二、一二か。覚えやすい語呂だね」

「社会は点数悪いけど」少女は記憶を探る顔をした後、「いい国作ろう鎌倉幕府！」と声を上げげた。語呂合わせで覚えた年表がまだ思い出せたことを自慢するように。

「水島看護師を見たのは何時ごろ？」

「十時十五分」

殺害時刻と寸分の狂いもない。打ち合わせでも念入りに時刻の確認はしている。

「記憶力抜群だね。先生からもよく褒められるでしょ？」

「まあまあ」

「事件の前の日も彼を見た？」

「うん、見たよ」

「彼は一〇八号室に入った？」

「いつも入るよ」

「事件の前の日は何時に入ったか覚えてる？」

少女は困惑の顔で首を振った。

「前の前の日はどう？　何時ごろか分かる？」

首を振る。

「前の前の前の日はどう？」

首を振る。

「前の前の前の前の日はどう？」

首を振る。

「事件の日に水島看護師が一〇八号室に入った時刻だけ正確に覚えてるんだね。以上で反対尋問を終わります。刑事の誘導で作られた証言に付き合うのはもうたくさんです」

してやられたと思ったときには手遅れだった。

〝無罪病判事〟が裁判員の素人《しろうと》のように劇場型法廷尋問術に惑わされないことを祈る。

心底切望した。

検察側は一審同様、被告人の自白調書を中心に審理を進めた。警察は、『本革の財布にパンパンに詰め込んである札束に目が眩《くら》み、就寝中に盗み取ろうとしたところ、被害者に目を覚まされ、とっさに枕で窒息死させた』と自白させている。

弁護士の主張は『組員が頻繁に見舞いに来ていたため、病院関係者はもちろんのこと、患者すら、被害者がその筋の者だと知っており、一般人である看護師がその財布を盗もうとするはずがない。ましてや殺害するなど考えられない』というものだ。

検察側としては、『財布に手を伸ばしたのは出来心で、殺害は被害者の素性を知っているゆえの恐怖とパニックだった』と反論した。

一進一退の審理が続き、そして――。

判決の言い渡し日、大神は絶句して立ち尽くした。法廷の空気は鉛を含んだように重々しく、息苦しさを覚える。

「被告人は無罪」

〝無罪病判事〟が言い渡したのは、またしても無情の宣告だった。覚悟していたつもりでも、まさかという思いのほうが強かった。さすがにここまで無罪を乱発しないだろう、と心のどこかで信じている自分がいた。

嚙み締めた奥歯が砕け散りそうだった。

大神は全身全霊の敵意を向け、〝無罪病判事〟を睨みつけた。

淡々と読み上げられる判決理由――。

彼は検察官にとっては死神も同然だ。

怒りのあまり視野が狭まり、ぼやけてきた。動悸《どうき》が強く、胃が締めつけられた。脳の血管が今にも断ち切れそうで、ぴくぴくと脈打っている。

大神は心臓部をシャツの上から握り締めた。

視界の中、〝無罪病判事〟が傾いていく。それは時計の針の速度が緩やかになったように、ゆっくり、ゆっくり――。

倒れる。倒れてしまう。

だが、法廷に変化はなかった。自分が倒れそうになっているなら、全世界が傾くはずだ。それなのに、体が傾《かし》いでいくのはなぜか〝無罪病判事〟だけだった。

あっと思ったとき、〝無罪病判事〟が横倒しになり、法壇から転がり落ちた。一瞬の間を置き、法廷内に悲鳴が上がった。誰もが一斉に腰を浮かせている。

何が起こったのか、理解が遅れた。

倒れたのは自分ではなく、〝無罪病判事〟だった。検察官席からはその様子が真っすぐ見えた。白目を剝《む》き、泡を吹きながら全身を痙攣《けいれん》させている。

憎悪が呪いとなって〝無罪病判事〟に降り注いだかのように。

1

小雨がぱらつく中、赤レンガ造りの大学校舎がそびえ立っていた。アーチの玄関にはギリシャ神殿風の円柱《コラム》が二本ずつ並んでおり、石畳が綺麗に歩道を作っている。その西側に大勢の受験生が集まっていた。

掲示板に貼り出された番号と受験票を交互に見やり、歓声や悲鳴を上げる者、泣き叫ぶ者、現実を否定するかのように何度も何度も視線を往復させる者――。

嘉瀬《かせ》幸彦《ゆきひこ》は胸を押さえ、深呼吸した。まだひんやりしている三月の空気が肺に染み渡る。

中学時代とは違ってサッカー部にも入部せず、勉強に勤《いそ》しんできた。志望大学に合格するため、一心不乱に頑張った。友達がバイトやカラオケなどで青春を謳歌《おうか》する中、参考書と付き合ってきた。

その結果が今日、出る。

幸彦は大きく息を吐いた。緊張で首の筋肉がかちかちに固まり、胃に鈍痛がある。

目標の私立大医学部は、どんなに努力しても合否判定はボーダーラインだった。

——神様、お願いします。

得意な英語の配点が高いにもかかわらず、試験当日はケアレスミスがあり、何問か落としてしまった。

致命的な失敗だ、と打ちのめされ、一週間は落ち込んだ。だが、数学と理科が予想以上に解けていたことを前向きに捉え、合格発表の日を緊張と共に待った。

幸彦は掲示板の前の人々を観察した。喜んでいる受験生と悲しんでいる受験生、どちらが多いか、つい数えてしまう。我ながら嫌な性格だな、と思うが、悲しんでいる受験生が多ければ、まだ自分が割り込む余地があるのだと安心できる。もし目の前の全員が全員喜んでいたら、合格者枠は埋まっているだろう。

すぐに確認する勇気が湧いてこず、下を向く。

家族連れは恥ずかしいからと同行を断ったのだが、急に後悔した。他の大学に合格している友人たちに付き合ってもらうべきだったか。だが、それはそれで余計に緊張したかもしれない。自分の番号がなかったとき、気まずいだろう。必要以上に気遣われないよう、落ち込んでいないふりをするのか、おどけてみせるのか。そんなことにも気を回さねばならない。

男子の受験生が「よっしゃ！」と叫び、女子の受験生と抱き合って喜んでいる。恋人同士なのか、たまたま居合わせた者同士の興奮なのか。

受かっていないという思い。いや、あれだけ頑張ったのだから絶対に受かっているという思い。

ポジティブなタイミングで足を踏み出そうとするも、駄目だったときの落差が激しそうで躊躇《ちゅうちょ》してしまう。それならネガティブなタイミングで行くほうがましかもしれない。

幸彦は勇気を奮《ふる》い起こし、掲示板に近づいた。人垣が広がっていて簡単には確認できない。

一〇三四、一〇三四、一〇三四――。

頭の中で受験番号を唱えながら待つ。数人が落胆の顔で去っていくと、割って入る空間が生まれた。

あの受験生たちは一分後の自分かもしれないと思うと、ここにきてまた二の足を踏んでしまう。

だが、この緊張をいつまでも続けていたら、精神的に持たない。ためらえばためらうほど消耗する。

幸彦は受験生の群れの中に身を滑り込ませ、押し合いへし合いしながら最前列に進んだ。

貼り出されている合格番号。

ぱっと目に入ったのは一〇〇〇番台だった。桁が変わっているから一目で分かった。

反射的に九〇〇番台に目を逸らした。

いきなり自分の受験番号にたどり着いてしまったら、心の準備ができない。

幸彦は自分に呆れた。

散々ためらってきたのに、この期に及んでまだ逃げるのか。

三度にわたって断続的に息を吐く。

よし！

覚悟して一〇〇〇番台を見る。一〇〇五、一〇〇六、一〇一三、一〇二三――。

あっという間に数字が迫ってくる。

一〇二八、一〇三四、一〇四一――。

二度見した。一〇三四。一〇三四がはっきりと存在している。まばたきし、目を凝らした。

間違いない。

自分の番号がある。合格している。

心臓が波打ち、鼓動が速まった。乱打の激しさは、興奮のあまり心停止を起こしそうなほどだ。

結果がどうあれ感情をあらわにするつもりはなかったのに、意識せず「しゃあ！」と興奮の声が口をついて出た。大声を迷惑がられるかと気にして周りを見回した。だが、誰も咎《とが》める眼差しは向けていなかった。

何度も掲示板の受験番号を確認した。そのうち、自分が記憶している番号のほうに誤りがあったらどうしようと不安になり、受験票を取り出した。

間違いなく一〇三四番だ。

胸の前でガッツポーズをし、人ごみから離れた。小雨が降る天を見上げ、魂が抜けるような息を吐く。

涙代わりの雨にならなくてよかったと思う。

しばらくして心音が落ち着いてくると、幸彦はスマートフォンを取り出し、祖母に電話した。「もしもし……」と応じる祖母の声には緊張が絡みついていた。

どうだったの、とすぐさま訊かれるかと思いきや、祖母はそのまま黙り込んでしまった。まるで、息遣いから吉報なのかどうか、推測しようとしているかのように。

心配させるのも悪いと思い、幸彦はこれ以上隠しきれない感情のままに言った。

「合格した！」

電話の向こう側ではっと息を呑む声がした。

「本当？」

「あったよ、番号」

「一〇三四番？」

「そう。一〇三四番」

「間違いない？」

幸彦は苦笑した。

「疑いすぎ！」

今度は祖母が苦笑いを返した。

「仕方ないじゃないの。心配で心配で、昨日から全然寝られてないし、朝からご飯だって喉を通らなかったんだから」

「じゃ、これで解放されるね」

「本当におめでとう。今日はお祝いのご馳走だから早く帰ってらっしゃい」

「分かった」

幸彦は電話を切った。改めてヨーロッパ風の大学校舎を見上げる。

四月からここに通えるのか。

興奮が湧いてくる。目標を定めてからは、勉強を投げ出したくなるたび、ここに通学する自分をイメージして奮起してきた。パンフレットやホームページの写真で物足りなくなると、実際に電車を乗り継いで直接見に来たこともある。

医者になる夢が今日からスタートするのだ。そのためには入学しても気を抜かず、毎日頑張らねばいけない。医学部の授業が厳しいという話は散々聞いている。

常緑樹を撫《な》でる微風は、緑の香りをたっぷり含んでおり、一身に浴びていると優しい気持ちになってくる。合否を確認する前は、ただただ冷たいだけの風だったのに――。

幸彦は大学のキャンパスを堪能すると、門へ向かった。泣きながら出ていく女子の姿も見かけた。合格者の陰で何百人が打ちのめされたのだろう。

門を出てから担任教師と数人の友人に電話で合格を報告した。全員、喜んでくれた。

「おめ！」友人がハイテンションで言った。「祝賀会しようぜ。人数集めるしさ」

「うーん……」

「どした？」

「いや、気持ちはすげえ嬉しいんだけど、今日は遅くなれないから、日を改めない？」

「あっ、そっか。婆ちゃんが待ってるよな」

「そうなんだよ。さすがに発表の日だしさ、後回しにはできなくて。受験のために色々協力してくれたから」

「だよな。たしかに俺もそうだったわ。合格発表を見た後は真っ先に帰宅した」

家族優先を笑われなくてほっとする。

「じゃあさ、土曜とかどう?」

友人が提案したのは五日後だ。

「オーケー」

「よし、決まりだな。それならオールもいけるし。店に集合な」

幸彦は店の場所を聞き、電話を切った。マンションに帰宅すると、祖母が弾《はじ》けんばかりの勢いで駆けてきた。

「おめでとう、おめでとう!」

靴を脱いで上がり框《かまち》に上がったとたん、抱き締められた。気恥ずかしさより嬉しさが上回った。

孫より祖母のほうが全力で喜んでいる。

祖母が落ち着いてから、一緒にリビングに入った。一時間ほど、受験勉強の思い出話に花を咲かせた。その中で、祖母が何度もお参りに行ってくれていたことを初めて知った。

小学校低学年のころ、両親を交通事故で失ってからは、父方の祖父母が引き取って育ててくれた。母方の祖父母は早くに亡くなっている。

遠足で食べた祖母の弁当の味をふと思い出した。茶色が目立つ地味なおかずが妙に懐かしい。

早めに風呂に入り、自室で友人たちとメールしながら喜びを嚙み締めていると、夕食に呼ばれた。テーブルには——スーパーで買ってきたロブスターとローストビーフ、そして手作りの肉たっぷりの茶わん蒸しが並んでいた。海老と肉の香ばしい香りが漂ってくる。

祖母がおどけた口調で「じゃーん！」と食事をアピールした。「あんたの好きな物ばかり」

茶碗にはタケノコご飯もよそってある。

「おおー」

興奮の声が漏れた。

幸彦は好物ばかりの夕食を味わいながら、ふと気づいた。祖母は合格を信じてくれていたのだ。合格祝いのために食材を買ってあったのだから。

受験のプレッシャーから解放されると、一気に気が抜けた。それが崇《たた》ったのか、丸二日間は熱を出し、高校を休むはめになった。

幸彦はベッドに寝ころんだ。全力疾走してきた三年間を思うと、自然と目頭が熱を持ち、涙があふれ出てきた。安堵《あんど》か喜びか。その感情を涙と一緒に拭い去ってしまうのがもったいなくて、しばらく流れるままにしておいた。

しずくが頬から耳へ伝う。

幸彦は天井に向かって右拳を突き上げ、凝視した。世界タイトルマッチでＫＯ勝利したボクサーみたいだな、と自画自賛する。

努力が報われるという感覚を初めて知った。中学時代のサッカー部では、三、四歳からボールに触れ合っているチームメイトの才能には敵わず、結局レギュラーをもぎ取れなかった。全国を目指すレベルの部活だったので、補欠としてベンチにも座れなかった。

まさか勉強で勝利の喜びを味わえるとは――。

体調が回復すると、登校するために家を出た。若葉の香りを孕《はら》んだ春風が吹きつけた。前髪が優しくさらわれる。

数日で季節ががらっと一変していた。眼前に延びる道路は、前途洋々の未来へ繫《つな》がっている気がした。

教室では、親しい数人の友人が「やったな！」「おめでとう！」と背中を叩き、祝福してくれた。これで受験勉強から解放されると思うと、世界の色がぱっと変わるほどの解放感だった。息詰まるような教室の空気も全然違う。

ぼーっとしながら授業を受けた。淡々と授業を進めている教師にも、合格を知っているから特に注意はされない。

風がない日の白雲のように、ゆったり時間が流れていく。

土曜日になると、友人たちとカラオケ店に行った。五人がゆとりを持って座れる個室に案内されると、まず適当に軽食を注文した。フライドポテト、たこ焼き、生ハム、から揚げ――。

一人が「アルコールで乾杯しようぜ」と提案した。

「駄目だって。発覚したらまずい」

別の一人が反対する。

「密室なんだからバレっこないって」

「いやいや、何かあったら責任取れないだろ。嘉瀬が医学部に合格したお祝いなんだからさ」

「堅すぎ！　嘉瀬だって飲みたいよな？　合格祝いじゃん。アルコールで乾杯しなきゃ、盛り上がんないだろ」

監視カメラも設置されていない個室だ。この中の誰かが口を滑らせないかぎり、他人に知られることはない。空気を読むなら、賛成すべきだろう。

友人が「な」と身を寄せてくる。

幸彦はメニューを取り上げ、睨めっこした。アルコールもソフトドリンクも豊富だ。どうしよう。

三年の努力を思う。安易な行動でその全てが台なしになるリスクが一パーセントでもあるなら、控えるべきではないか。いや、三年も禁欲的に頑張ってきたからこそ、こんな日くらいは少しくらいハメを外しても許されるのではないか。

幸彦は息を吐きながらメニューを閉じた。

「俺は――」

全員の視線が口元に集まっている。

「――オレンジジュースにするよ」

友人が露骨にがっかりした顔でため息をついた。

「何だよ、真面目かよ」

幸彦は苦笑した。

「ニュースでもよくあるじゃん。甲子園を目指す野球部で飲酒が発覚、出場停止、とかさ。そんなの、嫌だしさ」

「部室とかで飲むからバレるんだよ。カラオケは密室じゃん」

「そうなんだけどさ。お酒を運んできた店員が悪気なくSNSに書いたりとか、間違えてドアを開けた客に目撃されたりとか、酔っ払って騒ぎすぎて問題になったりとか……何が起こるか分からないし」

「……ま、たしかにそうかも。俺、酒癖悪《わり》いし、勢い余って機材とか壊しちゃったら、学校に報告されるかも」

「だろ」

「しゃあない。今日はウーロン茶で我慢すっか」

全員でソフトドリンクを注文した。健全な祝賀会だ。

「じゃ、嘉瀬幸彦君。乾杯の挨拶を！」

友人が冗談めかしてカラオケのマイクを突き出す。

「挨拶って言われても――」幸彦は困惑しながらマイクを受け取り、スイッチを入れて「あー、あー」と音量を確認した。「ええ、このたびは俺の医学部合格祝いに集まってくれてありがとう」

友人たちが口々に「おめでとう！」「おめ！」と声を上げる。本気で祝ってくれているのが伝わり、感動が込み上げてくる。

「思えば、勉強ばかりで何度みんなの誘いを断ったか。数えるほどしか遊びに行けなかったし、見限られても仕方がないのに、こうして祝ってくれる。合格と――友情に乾杯！」

全員が「乾杯」と声を揃える。グラスを軽くぶつけ合った。

カラオケは楽しかった。ヒップホップを歌う者、アニメソングを歌う者、棒読みのラップでウケを狙う者――。様々だ。

幸彦はロックを思いきりシャウトした。大汗を掻き、力がみなぎる。

歌い終わると、ソファに座り、ポテトを摘まんだ。ジャンクフードの数々は、合格日に祖母が用意してくれたご馳走とはまた違う美味《おい》しさがあった。たぶん、友人たちと飲み食いしているからだろう。参考書と向き合っている中で、こういう毎日に憧れていたのだと実感した。

友人が四曲目を歌いはじめたとき、ポケットの中でスマートフォンが振動しているのに気づいた。目立たないように抜き出すと、『婆ちゃん』の文字が表示されていた。

一体何だろう。今日は朝帰りになるかもしれない、と出かける前に伝えてある。カラオケ中だと知っているはずなのに――。

出るかどうか迷っていると、電話が切れた。

幸彦はスマートフォンを戻し、手拍子で歌を盛り上げた。五分と経たず、今度はメールが届いた。

確認する。

『至急。電話に出て！』

ただ事ではない気配を感じた。

「ごめん」

幸彦は謝り、歌と歌の合間に電話を掛け直した。ワンコールで祖母が出た。

どうしたの、と訊く前に祖母の緊迫した声が耳を打った。

「帰ってきて！　入学金が払えなくなった！」

2

幸彦は友人たちに謝り倒し、マンションに走った。夜の闇は絶望のように深くのしかかっている。前途洋々の未来へ繋がっている気がした道路は、今や奈落へ崩れ落ちそうなほど黒かった。

入学金が払えない――？

なぜそんなことになっているのか。電話では事情を教えてもらえず、心臓はばくばくと高鳴りっぱなしだった。

合格した私大医学部の六年間の総費用は、二千五百万円。入学時納入金として五百五十万円を二週間以内に一括で払わねばならない。大金ではあるが、心配ないという話だった。

帰宅すると、青ざめた顔の祖母が玄関で待っていた。昼間より一気に老け込んだように見えた。

――どういうこと？

一刻も早く問い詰めたかったが、声は渇ききった喉に絡まり、発することができなかった。

「中で話しましょう」

祖母に付き従い、リビングで座布団に座る。座卓を挟んで向かい合った。

「ええと……」

どう切り出せばいいのだろう。

不安に塗り潰され、自分の顔が強張っているのが分かる。

祖母は打ちのめされたような顔でうな垂れ、座卓の一点を睨みつけていた。

沈黙が続く。

「入学金が払えないって――」幸彦は唾を飲み込んだ。自分から切り出さねば話は進みそうになかった。「どういうこと？」

「……うん」

「うん、じゃなくてさ。支払いが遅れたら入学できないんだけど」

事情が何一つ分からないまま不安のどん底に落とされたせいで、追及の声も刺々《とげとげ》しくなってしまう。

祖母は顔を上げた。泣き顔になっている。それを見て祖母も追い詰められているのだと分かった。

「ごめんね……」

絞り出された声に、幸彦は「うん……」とうなずくしかなかった。だが、決してそれは同意ではなく、続きを促すための相槌だった。

「とんでもないことになっちゃって……」

「何が――あったの？」

祖母は顔の皺《しわ》を深め、目を逸らした。

「入学金は心配ないって話だったよね？」

「そのつもりだったんだけど……」

医学部の莫大《ばくだい》な学費は、祖父が貯金から払ってくれるという話だった。

――お金のことは心配せず、挑戦するといい。金が原因で夢を諦めさせたりしない。それくらいの余裕はある。

医学部を目指したいと相談した三年前、学費のことは気にするな、と祖父は背中を押してくれた。だから安心して勉強に専念した。

それなのに今になって何が起こったのか。

「お爺ちゃんの気が急に変わったわけ？」

「そうじゃないの」祖母は黙ってかぶりを振った。「そうじゃないんだけど……」

「貯金を誰かに騙し取られたとか」

「まさか！　お金はちゃんとあるの。ただ、その……」

「何？」

「使えなくなっちゃって」

言葉は耳に入っても、理解できないまま頭の中でぐるぐると回り続けていた。

「銀行が潰れたわけじゃないよね」

「もちろん。最大手の銀行だもの。潰れたら日本じゅうが大混乱になってる」

「だよね。借金があるとか、株の大暴落とか、何かの理由で資産が凍結された？」

「借金もないし、株もしてない」

「じゃあ、何？」

もったいぶるからあれこれ推測せねばならず、否定されるたび、不安が苛立ちに転化する。

「許可が――許可が貰えないの」

「は？　許可って何？　やっぱりお爺ちゃんが反対してんの？　ずっと応援してくれてたじゃん」

「お爺ちゃんじゃないの。弁護士さんが――」

「弁護士？」

思わぬ話を聞かされ、頭が混乱した。家族の問題になぜ弁護士が出てくるのか。

問いただすと、祖母は苦悩にまみれた顔で答えた。

「後見人《こうけんにん》だから」

耳慣れない単語を聞かされ、どう反応していいか分からなかった。聞き返すと、祖母は陰鬱《いんうつ》な声で語りはじめた。


夫が重度の認知症だと診断されたとき、君子《きみこ》は愕然《がくぜん》とし、打ちのめされた。

毎日、精力的に働いている夫を尊敬していた。まさか六十三歳で認知症とは――。

医師は淡々と説明した。回復は難しく、薬で進行を抑えるしかないという。

病名を突きつけられても現実味がない。だが、同じ話を繰り返し、話しかけた内容もまともに理解できない夫の姿を目の当《ま》たりにすると、受け入れざるを得なかった。

それまでの夫との落差が激しく、別人としか思えない。

病気や事故は突発的に誰にでも等しく降りかかる悪夢だと思い知らされた。

休職した夫は四六時中、自宅にいる。

今までは専業主婦として食事さえ作っておけば文句を言わない夫で、ずいぶん自由に生活できた。だが、認知症の発症以降は、生活が激変した。夫を放置できず、常に気にかけておかねばならない。幸彦の受験勉強の邪魔にならないよう、神経は張り詰めっ放しだった。

世話しながら奇跡を祈ったものの、当然起こるはずもなく、ただただ疲弊していった。

それでも施設に入れることは考えなかった。医学的根拠はないとしても、施設に入れることで病状が急激に悪化するのではないか、という不安があった。

在宅で介護するためにも、住みづらい今のマンションから一戸建てに引っ越したかった。時期は幸彦の大学の合格発表後になるだろう。

君子は不動産屋に足を運び、バリアフリーに優れた一戸建ての相談をした。

「孫が大学に入れば、寮暮らしになるので、夫と二人の終《つい》の住処《すみか》にするつもりです」

実際に何軒か物件を見せてもらい、心が動かされる家もあった。だが、結構な大金なので、即決はできなかった。週に一回の頻度で不動産屋を訪ねて一ヵ月半。

理想的だと思える家が見つかった。最寄駅まで徒歩八分で、自転車で行ける距離に商店街があり、車通りが多い道路も近所にはなく、治安も悪くない。

話が纏《まと》まりそうで不動産屋の担当者も上機嫌だった。

だが――。

夫の同席を求められ、仕方なく夫の病状を伝えたら、そのとたん渋い顔になった。白髪頭をがりがりと掻き毟《むし》る。

「何か――問題でも？」

君子は恐る恐る訊いた。

「いやね、認知症だと判断能力の問題がね。お話だと、家の購入のことも曖昧なんでしょう？」

「それはそうですが……マンションは出なきゃならないので、選択肢はかぎられているんです。夫も正常なら家の購入には賛成してくれると思います」

「申しわけありませんが、あなたの希望的推測ではちょっと……。一度うちの司法書士同席のもと、お話しできればと思いますが、いかがでしょう」

君子は了承し、後日、不動産屋を訪ねた。夫の症状が落ち着いているタイミングで言質《げんち》を取ろうかとも思ったが、たぶん録音しても無意味だろうと考え直した。

改めて家庭内の状況を説明すると、立ち会っている不動産屋側の司法書士が渋面で言った。

「伺うかぎり、旦那さんは判断能力が不充分のようですので、残念ですが、不動産の購入はできません」

「そんな……」

「現金や預金、不動産、保険などの全ての財産は個人名義です。たとえ家族だとしても、〝共有の名義〟というものはありません。あなたが生活費を下ろすとき、その口座はあなた名義か旦那さん名義ですよね」

「はい」

「名義はその個人のものなので、家族といえども好き勝手にすることはできないんです」

「でも、引っ越しには夫も賛同してくれると思います」

「思います――。つまり推測ですね。第三者にはそれが本当かどうか分かりません。本人以外の言葉では何の証拠にもならないんです。もしあなたが旦那さんの財産を持ち逃げしようとしていたらどうします？」

「私はそんなことしません」

「たとえ話です。世の中、家族間での金銭トラブルはとても多いですから。本人以外の人間が勝手に何十万も預金を引き出せたり、保険の契約を変更できたり、不動産を売買できたりしたら、大変でしょう？」

「じゃあ夫が認知症になったら、家族はもう何もできないってことですか」

「〝法律行為〟には当事者の意思が必要なんです。ご夫婦といえども、それは変わりません」

新居購入に思わぬ壁が立ち塞がった。

たしかに司法書士の説明は至極もっともで、名義人以外の人間が財産を自由にできる世の中になったら大変なことになるだろう。それは重々理解できる。

だが——。

それでは困る。

君子は縋《すが》るように訴えたものの、司法書士は「無理です」の一点張りだった。法律を持ち出されたらどうにもならなかった。

打ちのめされたまま帰宅し、夫の世話をしながら思い悩む日々が続いた。

そんなある日だった。

夫と付き合いがある篠田《しのだ》と名乗る男性が現れた。マンションの前で声を掛けられたのだ。

「嘉瀬さんには日ごろからお世話になっています。具合のほうはいかがですか」

心配そうに尋ねられ、君子は返事に窮《きゅう》した。

妻としてはまだ回復を諦めたわけではないのに、認知症だと知られたら辞職を余儀なくされるため、病名は曖昧に説明していた。

「……しばらく休めば回復すると思います」

「何よりです。そういえば、お孫さんの受験もそろそろでしたね。勉強は順調ですか？」

「幸彦は頑張っています」

「……何だか浮かない顔をされていますね」

作り笑いを浮かべてみせるしかなかった。

今は幸彦のことが心配の種だ。無事に大学に合格したときの入学金や授業料はどうなるのか。夫の貯金から払う予定だったのだ。銀行は振り込ませてくれるだろうか。

突っぱねられたらどうしよう。

「何でもありません。夫が待っていますので、私はこれで」

早々に話を切り上げようとしたが、篠田は「待ってください」と食い下がった。

「今日はお見舞いに来たんです。少し嘉瀬さんとお話しさせていただいても？」

「それは――」

篠田は「ん？」と太い首を捻った。恵比須《えびす》顔で、何となく安心感を覚える。

君子は迷った。

結局のところ、隠し通すことはできないのではないか。奇跡を願って病気を伏せていても、単なる時間稼ぎで終わってしまう。それよりも重要なのは――。

目の前の現実ではないか。

「あの……」君子は意を決し、切り出した。「ちょっとご相談させていただいて構いませんか」

「何でしょう」

「少し困っていまして」

誰に相談すればいいのかも分からず、一人で重責を抱え込む毎日には耐えられなかった。一日一日、背中に重石《おもし》が積み上げられている気がした。

このままでは押し潰されてしまう。

自分が倒れたら、幸彦の受験にも迷惑をかける。あんなに毎日頑張っているのに――。

「構いませんか？」

重ねて尋ねると、篠田は「もちろんです」とうなずいた。

二人で近所の喫茶店に移動した。幸い夫は徘徊《はいかい》するほど重症ではなく、一人でもそれほど心配はない。

モーツァルトの曲が流れる中、奥の席で向かい合う。彼は小さめの木製椅子に巨軀《きょく》を押し込めるようにして座った。

互いにコーヒーを注文し、口をつける。覚悟を決めたはずなのに、いざとなったら踏ん切りがつかない。

「相談というのは？」

篠田が訊いた。焦《じ》れったくなったというより、気遣ってわざわざ水を向けてくれたように感じた。

「実は――」君子は言いよどむと、グラスの水で喉を潤した。「自宅を購入しようと思っていまして」

篠田は「へ？」と困惑顔で聞き返した。「ご自宅――ですか？」

そんなプライベートな相談をなぜ初対面の自分にするのか、いぶかしんでいる表情だった。

「それで不動産屋に行ったんですけど、購入できなくて……」

篠田は慎重な顔つきで続きを促すようにうなずいた。

「夫の名義の預金で購入するつもりでしたから……」

「それの何が問題なんです？」

君子は深呼吸した。テーブルに置かれたコーヒーの液体をじっと見つめ、つぶやく。

「夫は――認知症なんです」

はっと息を呑む音が聞こえ、君子は顔を上げた。篠田の顔は強張り、眉間に緊張が表れている。

「認知症って……」彼はごくっと喉を鳴らし、目をしばたたかせた。「ご冗談でしょう？」

「あ、いや、認知症といっても、兆候があるってだけで、そこまで悪いわけではないんです。念のための休職なので」

慌てて付け加えた。

だが――。

「僕の前で取り繕《つくろ》う必要はありません」篠田は些細な嘘も見抜くような鋭い眼光をしていた。「ご心配なく。この話は決して誰にも漏らしませんから。事実を話してください。そうしなければ、相談にも乗れません」

君子はひるんだ。

「兆候がある程度なら、本人が不動産屋に出向けばすみます。僕に相談する必要はありません。本人が契約手続きを行えないほど症状が芳《かんば》しくないのでしょう?」

彼の言うとおりだった。契約が結べずに困っている以上、症状が軽いはずがない。論理で追及されたら誤魔化しは利かない。

君子は「はい……」とか細い声で答えた。

「状況は何となく把握できました。〝法律行為〟は本人が行わなければいけない、と不動産屋に断られてしまったんですね」

「そうなんです。それで途方に暮れてしまって……」

篠田は間を置くようにコーヒーを一口飲み、テーブルの上で指を絡めた。

モーツァルトのBGMが急に耳につきはじめた。葬送行進曲のように重く感じられる。まだ初春なのに妙に暑く、額に汗が滲《にじ》み出た。

君子はハンカチーフで額を拭った。

「……不動産を購入する方法はありますよ」

思わぬ言葉に君子は身を乗り出した。

「本当ですか!」

「はい。決して難しいことではありません」

篠田は大柄のわりには汗一つ掻いていない。冷静沈着ぶりが心強く、話を聞く前から縋りたくなる。

「それは一体どうすれば――」

「簡単なことです。あなたが後見人になればいいんです」

「後見人――？」

「『成年後見制度』というものを聞いたことはありませんか」

「い、いえ。恥ずかしながら……」

「そうですか。まさに嘉瀬さんのような家庭状況の方を支援する制度なんです」

「どういうことなんでしょう？」

「二〇〇〇年から開始された制度なんですが、判断能力を失った人に代わって預貯金の引き出しや様々な〝法律行為〟を行えるんです」

「本当ですか！」

「後見人には三つの権利があります。〝代理権〟と言いまして、本人と同様の権利を持ちます。預金を全額引き下ろすことも、口座を解約することも、商品を定期購入することもできます。それから、〝取消権〟です。本人が結んだ契約を遡《さかのぼ》ってなかったことにできます。三つ目は〝同意権〟です。本人が単独で結んだ契約は、後見人が同意していないかぎり無効になります」

そんな制度があるとは知らなかった。

「『成年後見制度』には『任意後見』と『法定後見』の二種類があります。『任意後見』というのは、認知症などで正常な判断ができなくなってしまう前に、あらかじめ信頼できる人間にもしもの際の希望を伝えておき、後見人をお願いしておくことです。合意が取れると、公証人役場で契約を交わし、公正証書を作っておきます」

「ええと……元気なうちに遺言書を作っておくようなものですか？」

「イメージとしては、そうですね。本人が亡くなるわけではないので、たとえとしては不適切かもしれませんが」

「本人の希望がない場合はどうなるんですか」

「『法定後見』になります。本人に判断能力がなくなってしまった後で家庭裁判所に申し立てて、後見人になるんです」

篠田によると、『後見開始の審判の申し立て』は本人の親や子や孫など、四親等内の親族なら誰でも行えるという。ただし、本人の判断能力を証明する診断書、銀行口座や証券、保険やローンなどの財産も記載した財産目録、財産や生活の収支を纏めた収支報告書、本人の戸籍謄本や住民票——と用意しなければならない書類は数多いらしい。

「よければアドバイスしますよ」

篠田の厚意に甘え、『後見開始の審判の申し立て』について事細かに教えてもらった。

感謝して別れると、その日から申し立ての準備をはじめた。苦労して書類を揃え、家庭裁判所に予約を取って出向いた。担当者に事情を説明し、聞き取り調査を受ける。緊張しながら待つこと一ヵ月半。玄関で手渡しされる特別送達で審判書が届いた。中身を開き、『後見開始の審判』と書かれた書類を見た君子は、愕然とした。心臓が止まりそうになり、目を疑った。何かの間違いではないか、何度も文面を確認する。後見人として選ばれていたのは——名前も知らない藤本哲司《ふじもとてつし》という弁護士だった。何が何だか分からなかった。申し立て書の成年後見人候補者の欄には、間違いなく自分の名前を書いていたのに——。

なぜ？

なぜ？

なぜ？

疑問符が頭の中を飛び回る。

パニックに陥った君子は、すぐさま家庭裁判所に問い合わせた。だが、担当者の答えは素っ気ないものだった。

「裁判官の判断です。様々な事情を踏まえて総合的に審査した結果です」

「妻である私が後見人になれるんじゃないんですか。候補者の欄にも間違いなくそう書いたんですけど……」

「裁判官の判断です」

「不服を申し立てます！　二週間以内ならできるんですよね？」

「希望する人間が後見人になれなかったという理由で不服を申し立てることはできません」

「そんな……」

君子は絶句した。

淡々と説明する担当者の声はもう耳を素通りしていた。

なぜ赤の他人が夫の後見人に選ばれるのか。まさか妻である自分が後見人になれないとは思いもしなかった。

「――もし。もしもし！」

担当者の声が耳に入り、我を取り戻した。

君子は不安に押し潰されそうになりながら訊いた。

「それでこの弁護士の人は何をするんですか」

「何——と申されましても、後見人として当事者の財産の管理や、法律手続きです」

問いただしても担当者は暖簾《のれん》に腕押しだった。諦めて電話を切るしかなかった。

これからどうなるのか。

君子は篠田に相談しようとし、彼の連絡先を知らないことに思い至った。

何とかしなくてはいけないと焦り、夫宛の年賀状やアドレス帳の類《たぐ》いを調べた。だが、『篠田』という名前は見つからなかった。

夫の職場への問い合わせは躊躇したものの、事情を伏せたままでも確認はできると思い、連絡してみた。相手から不審に思われ、深くは追及できなかった。私の周りにはいません、と言われただけだ。

夫の交友関係は広く、苗字だけで捜し出すのは不可能だった。

不服を申し立てられない以上、受け入れるしかない。結局、問題の張本人——藤本弁護士に連絡を取ることにした。

三日後に約束を取り付け、当日、弁護士事務所へ向かった。四階建てのビルの一階に入っている事務所だ。大きくはない。

ドアを開けると、十畳ほどの広さの中に、スチールのキャビネットと応接セットが配置されていた。デスクの向こう側に、四十代前半と思しき男性が座っている。

「あのう……」

声を掛けながら進み入った。

中年男性は立ち上がり、デスクを回ってきた。オールバックに固めた黒髪、銀縁眼鏡、威圧的な眼光、薄い唇――。

「藤本です」

彼は自己紹介し、名刺を差し出した。

「あっ、お電話した嘉瀬君子です」

君子は名刺を受け取った。

「成年後見人のことですね。私が後見人に選任されました。これからよろしくお願いします」

「いえ、あの……」

先んじて挨拶され、君子は困惑した。

「座りましょう」藤本弁護士はソファを指し示した。「どうぞ」

流されるまま、テーブルを挟んで藤本弁護士と向かい合う。彼は腰を落ち着けるなり、言った。

「つきましては、まず被後見人の通帳と重要書類を預かります。後日、持参してください」

「つ、通帳って――」

「預かり証を発行しますので、心配はいりません。通帳と書類をもとに財産目録を作り、被後見人の生活の計画表を作ります。それを家庭裁判所に提出すれば、法務局に後見登記され、登記事項証明書が発行されます。そうして初めて後見人の仕事が可能になります。仕事を開始するためにもお早目にお願いします。それから――」

「ま、待ってください！」

強引にでも割り込まねば、一方的に押し切られそうだった。後見人を前提とした説明など、とうてい受け入れられるものではない。

藤本弁護士は眉根を寄せた。

「何でしょう？　ご質問は私の説明を聞いた後にお願いします」

「違うんです。私が気にしているのはそういうことじゃなく……」

「では、何が？」

「実は――弁護士さんが後見人になるなんて想像もしていなくて。私が選ばれるものとばかり……」

「身内だから、ということですか？」

「はい」

「成年後見制度の現実をご存じないまま、申し込みされたんですか？」

呆れたような響きが口調に混じっている。

「現実って——身内が一番本人のことを分かっているので、後見人に選ばれるものじゃないんですか」

反論の声に表れる棘《とげ》を隠すことは難しかった。

藤本弁護士は露骨にため息をついた。

「日本は昔から家族中心主義ですから、制度がはじまったころは家庭裁判所も家族を後見人に選任していました。九割が身内です。しかし、口座から自由にお金が引き出せる魔力に負けたのか、私利私欲のために当事者のお金を使う後見人が相次ぎました。横領です。そのため、家庭裁判所は専門家を選任するようになりました。今では親族後見人は二割ほどです」

「私は横領なんてしません！」

「それを保証することは誰にもできません。選任した後見人が横領すれば家庭裁判所の責任になります。無用なリスクを背負いたくはないでしょうね」

妻として信用されなかった現実に苛立ちが込み上げる。

「私が後見人になる方法はないんですか」

「残念ながら。裁判所の決定ですから」

裁判所の決定――。

家庭裁判所の担当者も同じような台詞《せりふ》を言っていた。そう言えば黙らせられると思っているのだろうか。あるいは責任逃れかもしれない。裁判所や裁判官という巨大権力を持ち出せば、一般市民はそれ以上食い下がれないと思って――。

「必要書類と通帳の用意は早急にお願いします。報酬は被後見人の預貯金からお支払いください」

「え？　お金がかかるんですか？」

「当然です。弁護士や司法書士はプロですから。無報酬で働かせることはできません」

「いや、もちろんそれは分かりますけど……後見人は私が依頼したわけではないですよね」

「僕は裁判所に選任されています。決定権は家裁にあるんです。望まない結果だったからといって、拒否することはできません。確認書にも書いてあったと思いますが」

そんな説明をされただろうか。

　確認書？

　記憶を探ってみる、だが、思い当たらなかった。いい加減な手続きで申し込みが通ったのではないか。

「希望した自分が選ばれないことがあるなんて――身内が選ばれる可能性が二割だなんて知っていたら、申し込みませんでした」

　決定した後見人はもう替えられず、報酬も取られる。

「ちなみに報酬というのはおいくら……」

「正確な金額は分かりかねます」

「そんな変な話、ないでしょう」

「報酬額は弁護士が好き勝手に決められるわけではなく、裁判官が案件ごとに決定するんです。しかし、目安なら分かります。ご本人の預貯金の額は分かりますか？」

「わ、分かりますけど、それが何か……？」

「一千万以上ありますか」

「……はい」

「五千万以下ですか」

「……いいえ」

「五千万以上ということですね。それだと月額五、六万ですね」

「そんなに！」

君子は目を剝いた。

「預貯金が一千万以下だと月額二万、一千万以上五千万以下だと月額三、四万です」

信じられない金額だった。夫の預貯金は六千万を超えている。年間六、七十万円を払わねばならないのか。家族が後見人を務めていれば、そもそもそんな高額の出費は不要なのに——。

君子は諦念《ていねん》を抱えたまま帰宅した。

結局、夫の印鑑も通帳も藤本弁護士が管理することになった。妻である自分には何の権利もない。うちのお金なのに、いちいち彼に頼まねば一円も引き出せない。

藤本弁護士が全てを管理するようになってから二週間後、君子は彼に電話した。

「私たち家族の生活費が必要なんです」

君子は、問われるまま家族構成や普段の生活状況を説明した。

「私たちは夫の稼ぎで生活しています。貯金を下ろせないと食べ物も買えません」

藤本弁護士は思案するように黙り込んだ。

「……十万ですね」

「冗談でしょう？」

「十万あれば充分生活できるはずです」

「そんなの、無理です。三人で十万なんて……。夫の介護に必要なお金だけでもマイナスです」

「しっかり節約しながら生活してください。無駄金を使わせるわけにはいきません」

「無駄金って――」

健康で文化的な最低限度の生活――。

生活保護の理念が頭に浮かぶ。

生活保護受給者でももっと多く貰っているのではないか。十万円では健康で文化的な生活すら無理だ。

だが、抗議しても何も変わらず、生活費の足りない分は自分のわずかな預貯金を切り崩すしかなかった。藤本弁護士が後見人になってから三ヵ月も経たないうちに五桁にまで目減りしてしまった。

君子は耐えきれず、今度は弁護士事務所を訪ねた。電話では埒《らち》が明かない。

だが、藤本弁護士は――。

「そもそも、被後見人の貯金を使うことがおかしいんです。それは使い込みも同然です。後見人が付いた以上、家計と個計は分けねばなりません」

「個計——？」

「個人の会計のことです。被後見人の預貯金は被後見人のものです。家族といえども勝手に使うことは許されません。在宅介護では出費が多いので、施設に入っていただきましょう」

増額どころか、耳を疑う提案を聞かされた。まるで一泊旅行でも勧めるような口ぶりだ。

「施設なんて薄情なこと、できません」

「在宅介護のほうが被後見人のためにはならないでしょう。素人の介護では何があるか分かりません。施設のほうが安全ですし、トータルでは安くつきます」

「お金の問題じゃないんです」

「お金の問題ではない？　そもそものお金はあなたではなく、被後見人のものですよ。私には被後見人の財産を守る義務があります」

「な！」君子は彼の言い草に唖然《あぜん》とした。「た、たしかに名義は夫のものですが、家族のために働いて稼いでくれたお金です。夫のお金を遣えないなら、専業主婦は無一文で生きて行けってことですか」

「生活費はお渡ししているでしょう?」

「十万じゃ生活できません。そもそも、夫婦共働きでお金は決して共有しないなんて家庭、滅多にないでしょう? あたしが成年後見制度に申し込んだのは、そうしないと不動産の契約ができないと言われたからです。それなのに、後見人が付いたとたん、自由に使えなくなるなんて、本末転倒じゃないですか」

「それが制度の趣旨です」

「私のような家庭状況の人間を支援する制度でしょう?」

篠田からそう聞いた。

藤本弁護士が呆れ顔で嘆息する。

「どこでそんな都合のいい解釈を耳にしたんですか? どうもあなたは成年後見制度を勘違いされているようですね」

「は?」

「成年後見制度は家族のための制度ではなく、認知症や知的障害、精神障害などで判断力を失った被後見人の財産を守るための制度です。後見人の仕事というのは、第三者に好き勝手に食い潰させないよう、被後見人の財産を守ることです」

「食い潰すなんて、そんな――」

君子は言葉を失った。

藤本弁護士は書類を取り出すと、流し読みした。眼鏡をかけ直し、顔を上げる。

「それからまだ一点。嘉瀬幸彦さん名義の口座に振り込んでいる年間八十万円の使途不明金、これは一体何ですか」

「……孫の将来のための積み立て金です」

藤本弁護士は「ふむ……」とうなずきながら、書類をテーブルに置いた。

「積み立て金と言えば聞こえはいいですが、要するに相続税対策ですよね。子供や孫のためにその名義に毎年一定額ずつ振り込んでおけば、八十万円でも二十年で千六百万円です。結構な額が相続税を免れますね」

「そ、それはそうですが……でも、それくらいは誰でもしていますよね？　百十万円未満なら贈与税もかかりませんし、子や孫の将来を思えば……」

「たしかに百十万未満であれば申告は不要ですが、厳密に言えば、毎年一定額を贈与していると、『定期贈与契約』と見なされて総額に課税される可能性があります」

「そんな杓子定規《しゃくしじょうぎ》なことを言われても……」

「私が言っているわけではなく、税務署です。税務署がそういう判断をして課税する可能性がある、という話です」

「……それは分かりました。相続税の関係で孫への積み立て金が問題なんですか？」

「違います。私は税理士ではありませんから、税のアドバイスをしているわけではありません」

藤本弁護士の銀縁眼鏡の奥の険しい眼差しを見つめていると、不吉な予感で背筋がひりひりする。

「では、一体――」

「このようなお金の遣い方は認められません。財産侵害として家裁から物言いがつくんです」

財産侵害――。

なんて大袈裟《おおげさ》で、なんて犯罪的な単語だろう。可愛い孫の将来への積み立て金ではないか。

抗議しようと口を開いたとき、藤本弁護士が先手を打つように言った。

「たとえば、被後見人が家族に食事を奢《おご》ったときでも、本人の食事代金以外は口座に戻すよう指導されたケースがあります。冠婚葬祭で必要な二、三万円程度なら認められやすいですが」

「孫への積み立て金は夫も同意していました。継続するのに何も問題はないはずです」

「判断能力を失った今、それを証明することはできません。後見人の仕事は被後見人の財産の支出を必要最小限に抑えることですから。これは逸脱しています」

「……後見人制度をやめたいです」

藤本弁護士は緩やかにかぶりを振った。

「成年後見制度は、一度決定したらもうやめることはできません」

「まさか一生――ですか？　違いますよね。解消できるタイミングがあるはずです」

「解消はできません。被後見人が亡くなるまで、ずっと、です」

ショックのあまり眩暈がした。

「とにかく、今年からはお孫さんへの積み立てもやめてもらいます」

「やめるも何も――。通帳も印鑑もあなたが握っているんですよ。妻のあたしに何か自由があるんですか？」

精いっぱいの嫌味のつもりだった。だが、藤本弁護士は涼しげな顔で受け流した。

「後でごねられては困るので、後見人の誠意として事前にお伝えしたまでです」

藤本弁護士は人を苛立たせる才能でもあるのだろうか。話していると、神経が逆撫でされる。しかし、感情をぶつけても全く通じない。

君子はとぼとぼと帰路についた。

藤本弁護士に直接話しても無駄どころか、ますます悪いほうへ転がり落ちてしまった。彼は、家族の事情や心情には理解を示してくれない。

申し込んだ身内が後見人に選ばれる可能性がほとんどなく、赤の他人である弁護士や司法書士が選任されても不服を申し立てることができない。その上、家族の生活のためでも自由にお金を遣えない。後見人がつくと、相続税対策も一切行えなくなる。本人の財産を最大限に守る、という制度の趣旨に反するという名目で。

こんな現実を知っていたら、成年後見制度なんかには絶対申し込まなかった。

結局、自宅介護ではもうやりくりできず、夫を泣く泣く施設に入れるしかなかった。

次に弁護士事務所を訪ねたのは、翌年の幸彦の医学部合格後だった。大学に入学金を振り込む許可を貰うためだ。だが、藤本弁護士の答えは冷淡だった。

「被後見人の生活のため以外の支出は認められません」

君子は縋るように前のめりになった。

「入学金と授業料が必要なんです！　そうしないと、幸彦は入学できません！　頑張って頑張って合格したのに――」

藤本弁護士は表情を変えなかった。

「被後見人の財産は本人のものであり、家族が――」

「好き勝手に遣ってはいけない。でしょ！」

「そうです。ご理解いただけているようで何よりです」

「孫の学費を出すことは夫と話し合って決めていたことです」

「事実関係は分かりませんので」

「本当です。そうでなかったら、大学を目指すわけないじゃないですか。学費が払えないのに……」

「被後見人は反対していたかもしれません。そこで合格という既成事実さえ作ってしまえば、折れてくれるかもしれない、と一縷《いちる》の希望に縋って勉強していた可能性もあります。そんなタイミングで認知症が発覚し、財産を自由に遣うために成年後見制度を利用することにした――」

「侮辱です！　幸彦の受験は夫も心から応援していました！」

「感情的にならないでください。たとえ話です。そういう可能性も捨てきれない以上、許可はできないということです」

「杓子定規じゃないですか。うちは違います。家族関係は円満です。それぞれの家庭環境ごとに判断してください」

「家裁も財産侵害の片棒を担ぎたくないので、無用なリスクは冒さないでしょう」

「夫に面会してください。会って話を聞いてもらえれば、夫が幸彦を応援していることが分かってもらえると思います」

「面会の必要はありません」

「どうしてですか。本人に会いもせずに後見人が務まるんですか。どうやって夫の意思や希望を知るんですか」

前回のように易々《やすやす》と引き下がるわけにはいかなかった。大事な孫の大学進学がかかっているのだ。

覚悟が伝わったのか、藤本弁護士はため息とともに答えた。

「……こちらにも準備がありますから。機会を見て面会します」

「そんな悠長な！」君子はテーブルを叩くような勢いで叫んだ。「幸彦の入学金はすぐに払わないといけないんです！」

人間的な感情が少しでもあれば、手を差し伸べてくれるのではないか。

藤本弁護士は銀縁眼鏡を外すと、眼鏡拭きできゅっきゅっと拭い、掛け直した。

「数百万の支出をそんなにすぐ認めることは不可能です。何より、私が許可しても、どうせ家裁から物言いがついて返金を求められますよ」

頭がくらくらする。

何のための成年後見制度だったのか。後見人が付かなければ大きな金額は下ろせず、契約も結べない。だが、後見人が付いたら全てが制限されてしまった。

成年後見制度に頼らず、新居の購入も後回しにし、ＡＴＭで四、五十万ずつ小分けにして引き出していくべきだった。そうやって入学金を確保しておけば、ここまで追い詰められることはなかっただろう。

哀訴は一切通じなかった。

君子は弁護士事務所を出るなり、絶望に打ちのめされながら幸彦に電話した――。


それが祖母の語った全てだった。

幸彦は言葉もなく、ただただ呆然としていた。握り締めたまま開かない拳の中は、汗でべっとりとぬめっている。

受験勉強に専念している裏でまさかそんなことになっていたとは――。

医学部合格で高揚していた気分は奈落まで落ちていき、バクバクする心臓は今にも破裂しそうだった。

喜びの絶頂から絶望へ真っ逆さまだ。

「じゃあ、結局、入学金は――」

祖母はうなだれ、苦悶《くもん》の顔つきでテーブルを睨んでいた。

「後見人の許可なく一円も下ろせないのよ」

反射的に怒鳴り声を上げそうになった。

祖母に非があるわけではない。それは分かっている。だが、八つ当たりしそうになる感情を抑えるのは難しい。

「その後見人は何をしてくれてんの？　俺の医学部合格を台なしにする以外に」

「……何も。お爺ちゃんの印鑑と通帳を預かって、ただお金の引き出しに反対しているだけ。後は、年に一回、後見事務の報告書を提出するんだって」

「それだけの仕事しかしないのに毎年六十万とか七十万――爺ちゃんが生きているあいだずっと取られていくわけ？」

「ええ」

「最悪。何だよ、それ」

それこそ、祖父のためになっていないのではないか。

自分は報酬をたんまり引き出していくくせに、家族のためには制度の趣旨を盾にしてお金を遣わせない――。

　理不尽すぎる。

「……もう入学金支払いの締切まで十一日しかないんだけど……」

　どうしても声に不機嫌さが入り込んでしまう。

　祖母は吐息で吹き消されそうなほどの声で「うん……」と力なくうなずいた。

　どういう意味の『うん』なのか分からなかった。

　だが――後悔に押し潰されんばかりの顔を目の当たりにしたとき、祖母もどうしていいのか分からず、追い詰められているのだと理解した。

　医学部に合格するまでの苦労が、頭の中を走馬灯のように流れていく。

「何とか――」祖母がつぶやいた。「何とかするから。あたしが何とかするから」

「何とかって？」

「何とかは何とかよ」

　入学金を払う方法があるのだろうか。

　話を聞くかぎり、藤本弁護士は最低限の生活費――十万円しか引き下ろしを認めない。情に訴えても聞く耳を持たない。どん詰まりではないか。

　祖父が出してくれなければ、何百万円もの大金は払えない。祖母のわずかな預貯金は、生活のために切り崩してしまってもうほとんど残っていないという。

　幸彦ははっと思い出した。

「僕の積み立て金！」

　祖母が「え？」と顔を向ける。

　祖母の話によると、一年に八十万円ずつ嘉瀬幸彦名義の口座に積み立ててくれていたという。

「僕の名義だからそれは自由に遣えるんじゃないの？」

　希望の火が灯《とも》る。

「たしかにそれは遣えるけど……お爺ちゃんが積み立てをはじめたのは去年からなの。だからまだ八十万しかなくて……」

　八十万円――。

　大金ではあるが、入学金には及ばない。

　残りのお金を何とかしなければ、医学部に入学する資格を失ってしまう。

「婆ちゃん」幸彦は言った。「爺ちゃんと話そう。爺ちゃんが正気で、弁護士に直接言ってくれたら、変わるかもしれない」

　焦燥だけが募る。

期限までは十一日――。

3

眠れないまま迎えた早朝、目はぎんぎんに冴《さ》え渡っていた。だが、脳は半覚醒状態で、痺《しび》れるような痛みがある。

祖父が学費の件を明言してくれれば、後見人もさすがに無視はできないのではないか。

幸彦は教育ローンのコールセンターに電話し、国の教育ローンを受けられないか問い合わせた。固定金利二パーセント以下で最高で三百五十万円まで借りられる。しかし、母子・父子家庭、交通遺児家庭、子供三人以上の一部世帯、世帯年収二百万円以内の家庭が優遇されるという。

交通遺児家庭ではあるものの、高所得家庭なので審査に通りにくいと言われた。

金利が高い別の教育ローンでは、審査に時間がかかるため、振り込みの期日までに間に合う可能性はないと言われた。なぜ事前に借りておかなかったのか、呆れられた。

奨学金制度も同様だ。高校在学中に学校を通して手続きすることが一般的で、大学への進学が決まってからでは遅い。そもそも、入学前には貸与してくれない。調べたところ、支給開始日は入学後、最短でも四月二十一日だという。だから入学金の振り込みには利用できない。

そんな現実は何も知らなかった。家庭が貧しい苦学生は、大学進学を決めた時点で支払い方法を検討し、準備しているのだろう。

自分は恵まれていた。祖父が大学の費用全額を請け合ってくれたからこそ、安心して受験勉強に専念できたのだ。

それなのに——。

医学部に合格したとたん、まさか入学金も学費も出してもらえなくなるなんて想像もしていなかった。

やはり祖父に頼るしかない。

幸彦は泡のように弾けて消えそうな一縷の望みに縋る思いで、祖父が入っている施設へ向かった。祖母と一緒に電車に揺られる。

成年後見制度というのも初耳だったが、まさか祖父の入所がその後見人の指示だとは思いもしなかった。てっきり、介護が大変で祖母が決意したものだとばかり——。

「爺ちゃんの調子はどうなの？」

幸彦は隣の座席に座っている祖母に訊いた。横目で窺《うかが》うと、祖母は悩ましげな顔をしていた。ため息をついてから答える。

「全然」

「悪いの？」

「同じ話を何度もしなきゃいけないし、一時間前に話した内容も忘れていたり……」

「そっか……」

それっきり会話は途絶えた。病状を問い質《ただ》して絶望を味わうはめになることが怖く、もう何も訊けなかった。祖母もそんな心情を察してくれたのか、黙り込んだ。

目的の駅に到着すると、重い腰を上げた。

駅を出て十分ほど歩き、坂道を上った先に『太陽荘』があった。プラタナスの樹木が立った駐車場を通り、施設の前に来た。老人ホームのイメージに反し、建物はわりと新しい。

幸彦はガラスの自動ドアの前で二の足を踏んだ。

対面して希望が打ち砕かれたらどうしよう。祖父の助けがなければ医学部入学資格を失ってしまう。他の受験生よりスタートが遅かった分、何倍も必死で頑張ってきた。喜びを爆発させた直後にこんなことになるとは――。

「さあ、行きましょう」

祖母が進み出ると、自動ドアが開いた。幸彦は深呼吸し、閉まる前に踏み入った。強い花の香りが立ち込めていた。老人特有のにおいを搔き消すため、意図的に香りを強めているのかもしれない。

靴箱になっている受付カウンターがL字形に配置されたホールには、テーブルを囲むようにチェアが並んでいる。座って新聞を読んでいる禿頭《とくとう》の老人や、虫眼鏡に目玉を近づけて本を読んでいる白髪の老人がいた。

「お爺ちゃんは二階の部屋だから」

幸彦は「うん……」と小さくうなずいた。

祖母が慣れた様子で受付の女性に挨拶した。女性看護師が祖母にほほ笑みかけた。

「お孫さんですか?」

「……はい。今日は一緒に面会に」

祖母の声には若干の不安が纏わりついている。

「ああ、受験に合格されたからお時間ができたんですね」女性看護師は破顔した。

「お爺様も喜ばれると思います」

祖母の顔が一瞬で引き攣《つ》った。

女性看護師が笑顔のまま幸彦を見た。

「合格おめでとうございます。受験勉強のこと、お婆様はよくお話しになっていたんですよ。頑張っているから何とか合格してほしいって、いつもいつも」

「そうだったんですか……」

「先日はお婆様が嬉しそうな顔をされていたので、伺ったら、医学部に合格されたとか。あたしも自分のことのように嬉しくて」

ずいぶん吹聴していたらしい。学費問題を知る前であれば、祖母の想いに面映《おもは》ゆくなったかもしれない。だが、今は――。

自分もきっと祖母と同じ顔をしているだろう。笑顔を返すことはできず、辛うじて愛想笑いを浮かべただけだった。

祖父の認知症が原因でその医学部入学が風前の灯火《ともしび》になっている、とは言えない。黙ったままでいると、女性看護師が戸惑いがちに言った。

「それでは……ご案内しますね」

根暗な孫だと思われたかもしれない。

幸彦は視線を逃がした。壁のくぼみには、花が活けられた花瓶が飾られていた。片隅には折り畳みの車椅子やカートが置かれている。

「法律のお話になるととっても饒舌《じょうぜつ》で、施設に入る必要があるとは思えないほどなんですけど……」

他の話は別――と言外に匂わせているような気がした。

彼女に案内されるまま二階へ向かった。幅広の階段を一段一段上るたび、心臓の鼓動が速まり、緊張が増してくる。

氷を詰め込まれたようにしくしくする胃を押さえた。

祖父の病状はどうなのか。口が重い祖母を見るかぎり、相当悪いのではないか。

二階に上がると、カーペット張りの廊下を進んだ。並ぶドアとドアのあいだの白壁には手すりが設置されている。バリアフリーはしっかりしている印象だった。

「こちらです」

女性看護師が突き当りの部屋の前で振り返った。

「どうも……」

幸彦は軽く会釈をし、ドアの前に立った。唾を飲み込み、ノブを握る。

祖父の顔を見るのは何週間ぶりだろう。いつも高校から帰宅するなり自室へ直行していたから、ほとんど顔を合わせていない。

認知症で大変だとは聞いていたものの、世話は祖母に丸投げだった。

幸彦は覚悟を決め、ドアを開けた。

壁付けされたデスクの反対側には、シングルベッドがある。枕側の上半分に転落防止用の柵が付いていた。洗面台は部屋の片隅に設置されている。入り口の横には半開きのドアがあり、手摺《てす》り付きのトイレになっていた。

奥は掃き出し窓になっており、レースのカーテンを透かせる陽光が射し込んでいた。

祖父は——陽だまりの中、パジャマ姿でソファに腰掛けていた。髪は年齢のわりに黒々としているものの、急激に老け込んでいる。現役時代はぴんと伸びていた背も今は丸まっていて、一回り小さく見えた。大勢の人生の幸不幸を見つめてきた眼光も弱々しい。

現実をまざまざと見せつけられた気がして、幸彦は入り口から一歩も動けなかった。

「ごゆっくりどうぞ」

女性看護師は気遣わしげに声をかけ、部屋を出て行った。背後でドアの閉まる音がする。

「ほら、幸彦」

背中に軽く手が添えられた。決して強制も急《せ》かしもせず、やんわり促すような優しい手つきだった。

幸彦はうなずき、一歩を踏み出した。

祖父は顔を上げた。視線が絡むと、祖父は首をわずかに傾けた。

「どちら様だったかな?」

衝撃が全身を貫いた。

幸彦は目を剝いた。

「爺ちゃん……」

続く言葉は喉に絡まった。

祖父は目を閉じ、親指と人差し指で眉間を揉みほぐした。重々しげに息を吐き、コーヒーテーブルの書籍を取り上げた。幸彦を無視して読みはじめる。

まさか自分の存在が忘れられているなんて——。

幸彦は振り返り、祖母を見た。

祖母は嘆くようにゆっくりかぶりを振った。

面会のたび、祖母はこんな祖父と向かい合っていたのか。

「あなた」

祖母が前に出ると、祖父は書籍から視線を上げた。祖母を見るや、わずかに笑みを見せた。

「今日も来てくれたのか」

「ええ」祖母はうなずくと、幸彦を一瞥した。「ほら、幸彦も一緒なのよ」

「幸彦？　幸彦だと？」

「そうよ。覚えてないの？」

「覚えとる、覚えとる。幸彦はよく私が公園に遊びに連れて行ってやった。一人じゃ怖くて滑り台に登れんと言うから、私が一緒に登ってやって、こう――」祖父は両脚を開くと、内ももを軽く手のひらで叩いた。「脚のあいだに抱いてやって、滑ってやったもんだ。きゃっきゃはしゃいどったな」

「またそんな昔話をして……」祖母は呆れ顔で嘆息した。「幸彦の名前を出したらそればっかり」

「覚えとる、覚えとる。仕事が落ち着いたら、また公園に遊びに行こう」

　祖母は祖父の耳元に顔を近づけ、大きな声で言った。

「幸彦はもう十八歳でしょ！」

「十八？」祖父はきょとんとした顔をしていた。「誰がだ？」

「だから！　幸彦！　何度も言ってるでしょ！」

　祖母が祖父にこれほど声を荒らげる姿を初めて見た。普段はむしろ従順で控えめだった。

「そうそう、幸彦は公園が大好きでな――」

祖父は、役割が決められているＲＰＧ《ロールプレイングゲーム》の村人のように、同じ話を繰り返した。

幸彦は祖父の変貌《へんぼう》ぶりに絶句し、立ち尽くすしかなかった。

まだ六十三歳だというのに、まさかこれほど認知症が悪化していたとは――。

祖母は幸彦を前に押し出した。

「よく見て、あなた。これが幸彦！」

祖父は再び幸彦を見た。眼差しに愛情などはなく、追い詰められたような戸惑いが渦巻いているだけだった。

「幸彦？」

「そうよ」

「子供じゃない」

「もうすぐ高校を卒業するの」

「いつの間に高校生になった？」

「もう！」祖母は声を尖らせた。「あなたがこうなる前からよ。医学部を目指して勉強していたでしょ」

「医学部？　なぜ？　法学部じゃないのか？」

「何言ってんの！　幸彦が『犯罪者を裁いたり弁護したりするより、善人悪人の区別なく人の命を救うことに人生を捧げたい』って言って、あなたもそれを認めたじゃないの」

純粋すぎる意気込みの半分は、医学部受験を認めてもらうための方便だった。

医学部に進学した先輩や、その紹介で会った研修医から話を聞き、医療の現場の残酷さや生々しさを学んだ。綺麗事で飛び込んだら早晩潰れてしまう、と忠告された。それでも決意が変わらなかったため、祖母に相談し、二人で祖父を説得した。

「そんな話、知らんぞ」祖父の顔は本当に困惑に塗り潰されていた。「いつだ？」

「受験勉強を始める前。家族で話し合ったでしょ」

「……覚えとらん」

祖父は苦渋の形相《ぎょうそう》で首を横に振った。自分自身で曖昧な記憶に苦悩している様子が伝わってくる。

祖父の記憶に存在しない〝事実〟を教える行為に罪悪感を覚えた。ひたすら苦しめるだけだ。

だが――。

ためらっていたら医学部入学の夢が潰《つい》えてしまう。祖父の言質を取るしかもう可能性はないのだから。

幸彦は祖父に歩み寄った。

「合格したんだよ、爺ちゃん」

その一言が祖父を戻してくれることを期待して。

しかし、祖父の不安定な眼差しは変わらなかった。

「合格?」

「医学部だよ。ずっと勉強して、ようやく」

「幸彦——なのか?」

そこからか——。

「そうだよ。大学受験に成功した」

幸彦は忍耐強く答えた。

祖父は、悪夢を見ているかのように首を振り立てた。

「覚えてないの?」

詰問口調になってしまった。それが祖父を追い詰めるだけだと分かっていても、気が急いた。

祖父は顔を顰めた。

「大学生か。幸彦が大学生か」

「ついこの前、合格したんだよ」

「受験勉強しとったのか」

「うん」

「そうか、もう高校生か」

「大学生だって！」

ついつい声が尖る。だが、祖父は口調に籠《こも》った苛立ちには無頓着だった。

「それは偉いな。受験勉強が実ったんだな」

幸彦は口から息と共に怒りの感情を抜いた。

「うん。毎日毎日、勉強漬けだった。何度も投げ出したくなったけど、諦めずに頑張ったんだ」

「さすが私の孫だ。頑張って法学部に合格したのか」

反射的にうなずきそうになり、「医学部だよ」訂正した。

「医学部？　お前は医学の道に進むのか？」

何度教えなければならないのか。自分の頭の中のほうがおかしくなりそうだ。

祖母は一人きりで三ヵ月以上もこんな祖父の世話をしていたのか。どれほど大変だっただろう。

幸彦はふうと息を吐いた。冷静に考えてみると、医者になったら祖父のような患者も忍耐強く診察しなければいけない。そう考えれば、少しくらいは耐えられる。

ただ――。

祖父の助けがなければ、そもそもその医者になれない。可能性すら閉ざされてしまう。

否応なく焦りが募る。

「人助けをしたくてさ。僕にはそういう道のほうが向いてるんじゃないかって思って」

「そうか……幸彦は優しい真面目な子だったからな」

しみじみ懐古する口調にふと胸が熱くなった。祖父が覚えている自分はどんな姿だろう。

幸彦は覚悟を決め、切り出した。

「その医学部だけど……五百五十万の入学金が必要で……」

「五百五十万？」

「うん。医学部は特に学費が高いから」

「そうか。それは大変だな」

他人事のような台詞だった。入学金の話をなぜ口にしたか、祖父は理解してくれなかったのか。

以前の祖父は聡明で、一を話せば十を理解した。他人の気持ちを読み取る術《すべ》にも長《た》けていた。衝突することもあったが、祖父の話を聞くのは楽しかった。

こんな祖父の姿を見るのは忍びない。

「……六年間で二千五百万円の学費がいるんだよ」

「それは大金だ」

「うん。高校生にはとても払えなくて……」

なぜこんなに遠回しに話しているのか。以前の祖父相手なら、何でも単刀直入に話しただろう。

祖父は続きを待つように黙っている。

「……学費を爺ちゃんに出してほしくて」

祖父の眉がピクッと動いた。反応らしい反応はそれだけで、幸彦の顔を無言でじっと見つめる。

「お、覚えてない？　ほら、学費は出してやるから受験勉強に専念しろ、って言ってくれたじゃん」

祖母は緊張の眼差しを注いでいた。祖父の表情の当惑の色が濃くなる。

「誰の学費を私が出すんだ？」

「いや、だから僕の医学部の学費」

祖父は言葉を嚙み締めるように間を置いた。しばらく沈黙した後、はっと目を開いた。

「そうか。そうだったな」

「思い出してくれた？」

「ああ。幸彦は大学受験をして、医学部に合格したんだったな。今、聞いた。覚えとる」

幸彦はため息と共に肩を落とした。

「学費のことを思い出してくれたんだとばかり」

「私が学費を出すのか？」

横目で窺うと、祖母は、ずっとこんな調子なの、と言いたげな顔をしていた。

「そういう約束だったじゃん」

不安が頭をもたげる。

幸彦は緊張が絡みつく息を吐き、祖父の口元を注視した。返答次第では医学部合格が手の中から消えてしまう。

自分の命運を決める言葉——。

決して大袈裟ではない。胃は鉛を詰め込まれたかのようで、ずっと重い鈍痛がある。

祖父の眉間の皺が深まった。

「高校生に二千五百万も出せないのは自明だしな」

「うん……」

「……幸彦が受験を決めたなら、たしかに私が出すと言ったんだろう」

「そうだよ、爺ちゃん！」

思わず大きな声が出た。

祖父は渋面を崩さない。

「それでさ、一筆書いてほしいんだ」

「一筆？　学費のことか？」

「うん」

祖父は苦笑を漏らした。

「家族間で契約書が必要か？　私が学費も出さんと思っているのか」

「違うよ。そうじゃなくて……」幸彦はどこまで話すべきか迷った。言葉を誤ったら祖父を怒らせるか傷つけるか――。「爺ちゃんの一筆がないと、学費を引き出させてくれないんだよ、銀行の人が」

「君子がいるだろう。金を下ろして振り込めばいい」

「それが――」

どう答えたらいいだろう。認知症の現実を突きつけてもいいのかどうか。

話しているかぎり、祖父は自分の記憶の不確かさに自覚的だ。そしてその現実に苦しんでいる。触れることで怒らせるかもしれない。

「……爺ちゃんの記憶が問題になって」

遠回しに伝え、反応を窺う。

祖父の眉間の皺が深くなる。

「どういうことだ？」

「何て言うか……」幸彦は視線を外した。「本当に爺ちゃんの許可があるのか証明してもらわなきゃ、駄目なんだってさ」

祖父は渋面のまま部屋の奥を睨みつけた。壁のもっと先――どこか遠くを見つめているようだった。

「そうか……」

消え入りそうなつぶやきだった。

祖父が黙り込むと、部屋の中に気まずい沈黙が降りてきた。太陽が雲に隠れたのか、陽光がレースのカーテンを透過して作っていた陽だまりが消え、急に暗さを実感した。

「……一筆書こう」

「本当に！」

「ああ」祖父は小さくうなずいた。「で、幸彦は何歳になったんだ？」

幸彦は愕然とした。

世間から〝無罪病判事〟と叩かれても、自分の信念に則って無罪判決を出していた厳格な祖父の面影はもうなかった。

4

灰色の空の下、土砂降りの雨で住宅地がモノトーンに変わっていた。

男は冷雨を弾くレインコートに身を包み、すっぽりとフードを被っていた。

運動したわけでもないのに、短距離走直後のように息が乱れている。その呼吸音は自分でも猷じみて聞こえた。息をするたび、視野が狭まっていく。今は目的のアパートしか見えなかった。

実行すれば自分の人生が変わる。だが、それはいつか来るものとして覚悟していたことだった。

失敗は許されない。

男は人通りを確認した。人影は見当たらない。昼間とはいえ、大雨だから出歩いている者はいない。少なくとも、目で見える範囲には――。

稲光が空を鉤裂《かぎざ》きにし、遅れて雷鼓《らいこ》が轟《とどろ》く。それは地面を真下から叩くような轟音《ごうおん》だった。

男は一歩を踏み出し、アパートへ向かった。雨の銀幕の中、滲んだカラーが目に入ったのは、電信柱の前を通り過ぎようとしたときだった。赤色の傘が道路の前方を歩いていく。

反射的に電信柱に身を隠した。傘はこちらに向かってくることなく、曲がり角の向こうへ消えていった。

ふう、と息を吐く。全身が冷たく、真冬の吐息のように白く色がつきそうだったが、そんなことはなかった。

レインコートが雨粒を弾いているにもかかわらず、体感温度はかなり低い。

男はブロック塀を抜け、アパートの敷地に踏み入った。雑草が生えた地面はぬかるんでおり、歩くたび、靴底に土がへばりついた。

何から何まで不快だ。

だが、実行には最適の環境だ。

男は鉄製階段を一段一段上った。金切り声を思わせる軋みは、雨音が掻き消してくれている。

二階の廊下にたどり着くと、一階と同じくドアが並んでいる。部屋を確認していく。

二〇四号室。表札には標的の名前――。

死とはなかなか不吉な番号に住んでいる。

男はビニール袋の中から、折り畳んである段ボールを取り出し、手早く組み立てた。小箱を作り上げると、深呼吸した。レインコートの前を開き、ズボンの腰に差してあるそれのグリップを握り締めた。間違いなくそこにあることを確かめてから、チャイムを押し込んだ。

「宅配便です」

声に緊張が混じり、若干、上擦ってしまった。怪しまれなければいいが……。

反応を待つ。

一秒一秒が長い。ドアに耳をつけて聞き耳を立てたい衝動を抑え込むのに苦労した。相手はおそらく覗き穴で確認するだろう。そのときに不審な動きを見せるわけにはいかない。

ドアごしに「はい」と応じる声が聞こえた。雨音に呑み込まれそうなほど小さな声だった。

「宅配便です」

「……本当ですか？」

緊張混じりの警戒した声。

男は舌打ちしそうになった。努めて冷静な口調を心掛け、相手の名前を口にした。

「間違いありませんよね？」

「……はい」

「早く受け取ってくれませんかね」

あえて苛立ちを込めた。淡々と無感情で話しかけているほうが不自然だろう。

「次があるんですよ、こっちは」

うんざりしている配達員を装う。

「……送り主はどなたですか」

送り主——。そこまで確認するか。

「ええとですね……」

誰だ？　誰なら信用させられる？　家族か？

「雨で滲んでいて……」

男は段ボールの小箱の上を撫でるようにした。時間稼ぎは長く続かない。

親戚か？　いや、相手に親戚付き合いがなければ、疑われる。

頭をフル回転させた。絞り出した結論は——。

「村田《むらた》弁護士事務所ですね」

沈黙が返ってくる。

誤ったのか。

焦りが募り、心臓がけたたましく打ちはじめる。失敗すれば、二度目のチャンスはもうないだろう。

ドアの内側から鍵が開く金属質の音がした。それは大雨の騒音の中でも、大きく聞こえた。

蝶番《ちょうつがい》が軋みながらゆっくりとドアが開いていく。

男は小箱の陰で右手を腰の前へ下げていった。

ドアが開き、相手が顔を見せた。決して見間違えない顔。何しろ、法廷で数え切れないほど睨みつけてきたのだ。

「あのう……」

ただならぬ気配を嗅《か》ぎ取ったのか、相手が怪訝そうに声を発した。

男はズボンの腰から中国製の拳銃《トカレフ》を抜き、銃口を向けた。相手が目を剝いた瞬間、躊躇せず引き金《トリガー》を絞った。

濡れた猛雨に閉ざされた中、乾いた発砲音が鳴り渡った。相手の胸に三つの血の花が咲き、膝を折り曲げるようにして崩れ落ちた。断末魔の絶叫を上げることもなく。

直後、稲光が瞬き、死体を白く染め上げた。それはまるで亡霊のように見えた。

男は強張った右腕を持ち上げようとした。拳銃は鉛の塊と化したように重く、腕が震えている。

いや――。

この震えは恐怖だ。人の命を奪ったことへの。

我に返ると、立ち尽くしているわけにはいかないと思い至った。

タイミングよく雷鳴が銃声に重なってくれればよかったものの、そこまで運は味方してくれなかった。

隣人が出てきてしまうかもしれない。逃げねば――。

男は踵《きびす》を返し、鉄製階段を駆け下りた。アパートの敷地を突っ切り、ブロック塀の外へ出たときだ。パトカーのサイレンが聞こえてきた。

心臓を鷲摑《わしづか》みにされたように感じ、一瞬、立ちすくんだ。

――馬鹿な。早すぎる。

まるで最初《ハナ》から張られていたかのように――。

いや、実際、張られていたのだろう。奴が狙われることは予期できていた。

男は我を取り戻すと、サイレンの音とは反対方向へ駆けはじめた。水溜まりを踏み抜き、しぶきを撒き散らしながら。

川を跨《また》ぐ石橋の途中で立ち止まった。欄干に手をつき、見下ろした。濁流が逆巻く様は、川が怒り狂っているかのようだった。

男は数人の傘が通り過ぎるのを待ち、川へ拳銃を放り投げた。それは一瞬で飲み込まれ、消えてしまった。

証拠隠滅はした。

男は繁華街のほうへ向かった。いつの間にかサイレンが増えていた。人の流れに逆らうように歩き続け、馴染みの風俗店のドアを開けた。

「あ、どうも」

顔を見た従業員がぺこりと頭を下げる。

「朱美《あけみ》は？」

「今、ちょうど客の相手を――」

「終わりだ」

「へ？」

「時間オーバーだ」

「ですが……」

男は舌打ちすると、従業員から合鍵をひったくり、追い縋る声を無視して店内を突き進んだ。

部屋は分かっている。

鍵を外すと、ノックもせずにドアを叩き開けた。イカ臭いにおいが充満するピンク色の部屋の中、騎乗位で腰を動かしていた裸身の女が硬直し、目を見開いた。髪がのっぺりと頭部に張りついた中年男がパニックに陥っている。

「な、な、な、何ですか」

男はレインコートを脱ぎ捨てた。

「時間だ」

「え？　でも――」中年男は掛け時計に目をやった。「まだ十五分あるんですけど――」

女にのしかかられたまま仰向けで喋っていても、滑稽なだけだ。

「俺が時間だっつってんだよ！」

興奮を制御できず怒鳴りつけた。今は暴力的な衝動に掻き立てられている。自分でも何をするか分からない。

だから腕まくりをした。前腕の絵を見せたとたん、中年男の表情が一変した。

「す、すんません」

中年男は太鼓腹を揺すり、朱美の下から這い出た。衣服を引っ摑み、そそくさと部屋を出て行こうとする。

「待て！」

呼び止めると、中年男は「ひっ」と小さく悲鳴を漏らし、錆《さび》がついた機械のように首を後ろに回した。

男は財布から一万円札を取り出し、床に放った。

「持ってけ」

中年男は恐る恐る一万円札を見つめた。それが劇物であるかのように躊躇している。

「早くしろ！」

中年男はビクッと肩を震わせ、一万円札を拾い上げた。脱兎《だっと》のごとく部屋を逃げ出していく。

二人きりになると、男は朱美に近づいた。

「濡れてるよ」

朱美の視線の先――。ズボンの股間の部分から太ももにかけて、色濃く変色していた。

「雨だったんだよ」

「今までレインコート着てたじゃん」

「うるせえな！」男は枕元のティッシュ箱を壁に投げつけた。「染みたんだよ！　部屋で腰使ってるだけのお前には分からねえだろうけどな、すげえ雨なんだよ！」

指摘されて初めて気づいたびしょ濡れのズボンとトランクスを脱ぎ去る。

「いいからヤらせろよ」

「本番は禁止だって」

「アパートじゃいつもヤってんだろうが」

男は朱美をベッドに押し倒した。脚を割り開き、行為に及ぼうとした。

「……そのままじゃ入んないよ」

男は「クソッ」と毒づいた。

「勃《た》起たせてあげようか？」

朱美が仰向けのまま手を伸ばしてくる。

男はそれを払いのけた。同情するような口ぶりが我慢ならなかった。萎《しな》びたちくわ同然のモノを自分でぎゅっと握り締める。だが、気持ちは高揚しているくせに、勃《た》起たなかった。

畜生――。

朱美の裸体を前にしていても、頭にちらつくのは、目を剝いて倒れ伏す死体だった。

「……ねえ、何かあったの？」

男は朱美を見た。心配そうな眼差しと対面する。

「何でもねえよ」

「今日、おかしいよ？」

ない。

「いちいち詮索すんな」

「でも、いきなり乗り込んでくるし、お客さんだって追い返してさ……」

男は舌打ちすると、トランクスとズボンを穿いた。濡れた股間部分が不快きわまりない。

パトカーの巡回を警戒し、一時間、朱美の個室ですごした。その後は彼女のアパートに転がり込んだ。

証拠は残していないはずだ。警察に容易に特定されることはないだろう。

しかし、殺した相手の幻影に悩まされ、目の下にくまができた。手はいくら洗っても硝煙のにおいがとれない気がして、一日に何度も洗面所に駆け込んだ。

外出はせず、朱美の買い置きのコンビニ弁当で腹を膨らませながら引き籠った。夜は彼女が仕事に出る。昼間は朱美を抱き、ひたすら犯行の記憶を追い払った。

「俺を落ち着かせてくれ」

男は朱美の柔肌に顔を埋め、そう懇願した。

時が悪夢を忘れさせてくれると思った。

けたたましいノックに続き、ドアが蹴破られるように開いたのはそのときだった。

5

大神護は曇り空を背景にそびえ立つ高等検察庁を振り仰ぐと、嘆息を漏らし、背を向けた。

手提げ鞄から封筒を取り出し、睨みつけた。

『辞職願』

叩きつけるつもりで持参し、今日も二の足を踏んでしまった。

自分にはまだやり残したことがあるのではないか。

大神は、高等検察庁の真正面にある日比谷《ひびや》公園まで歩いた。真昼の太陽の下、まだ肌寒い風が樹木の枝葉を撫でながら吹きつけてくる。

公園の端まで進むと、円形噴水があり、ユリカモメを模したオブジェの周囲で水が噴き上がっていた。噴水を取り囲むように設置されたベンチに腰を落とし、膝のあいだで指を絡める。

一帯に建ち並ぶ高層ビルから睥睨《へいげい》されており、自分の小ささを思い知らされ、孤独感を覚える。それは今の自分の心境にぴったりで、だからこそ毎回ここを選んでしまう。

昼食用のサンドイッチを取り出すも、食べる気にならず、また鞄に戻した。

大神は地面を睨んでため息を漏らした。

四度の無罪が重くのしかかり、目指した地位まで昇進できる可能性は潰《つい》えた。

自分は何のために検察官になった？

自問することで、若かりしころの青い炎のような情熱を思い出そうと努めた。だが、胸の内で燃え立つものはなかった。

一体いつからだろう。

大神はスーツの左胸に留めてある検察官バッジを指先で撫でた。赤色の旭日に菊の花弁と金色の葉をあしらったバッジだ。

秋霜烈日《しゅうそうれつじつ》――。

検察官バッジは秋霜烈日と呼ばれている。職務では、秋の冷たい霜や夏の激しい日差しのごとき厳しさを求められている。

検察官になりたてのころは法廷にも緊張感があった。極悪非道な被告人を有罪にすべく、被害者や遺族から話を聞き、証拠を集め、念入りに準備していた。しかし、いつしか裁判はルーチンワークになっていた。

検察官バッジがくすむにつれ、青臭い正義感は経験と引き換えに失ってしまった。

それでも出世の階段は上っていけた。〝無罪病判事〟に当たるまでは――。

最後の無罪判決は、松金組組長、松金大治が殺害された裁判だった。

結局、何も腹に入れないまま昼食の時間を終えると、大神は別件の補充捜査という名目で高等検察庁を出た。車を運転し、目的地へ向かった。三十分後、着いたのは『太陽荘』だった。

〝無罪病判事〟が――いや、もう法廷を去ったのだから、揶揄《やゆ》のあだ名はよそう――嘉瀬清一《せいいち》が入所している。

小綺麗な建物だが、高等裁判所判事が入所するには寂しげで、不似合いだ。

大神は『太陽荘』に入り、受付へ進んだ。

「嘉瀬清一さんに面会したいんですが……」

声をかけると、女性看護師が大神を見つめた。

「お知り合いの方ですか？」

「……はい」

知り合いではある。天敵だったが。

「嘉瀬さんの職業はご存じですか」

女性看護師はうなずくと、大神は名刺を差し出した。検察官の肩書きが信頼と安心を与えることを知っている。

「仕事上で付き合いがあった大神です。このたびは嘉瀬さんが施設に入所されたと聞きまして、お見舞いに」

「そうでしたか。嘉瀬さんもお喜びになるのではないでしょうか。ご家族の方以外は訪ねてこられないので」

高等裁判所の裁判長を務めた人物にしては、寂しい現実だ。乱発する無罪判決でうとまれ、敵を作りすぎたのではないか。実際、検察庁の中でも、嘉瀬のリタイヤを喜ぶ声が堂々と交わされている。

「法律のお話だけはよく覚えてらっしゃって、はっきり喋られるので、そういうお話ができる方のお見舞いは嬉しいと思います。それだけ法に人生を注がれていたからかしら」

法律の話が通じるなら助かる。目的はそれだ。

大神は女性看護師の案内で二階の個室に入った。正面の掃き出し窓は開いており、透き通るレースのカーテンが風を孕んで膨らんでいる。

ソファに腰掛けている嘉瀬は、法廷で見る姿とは別人だった。

黒の法服を着込んで法壇から廷内を見つめる様は、法の番人としての威厳と尊厳に満ちあふれ、相対する者に対しては威圧的だった。だが、今はどうだ。誰かを裁く厳格さはもはや存在せず、ただただ無力だった。

そんな彼の姿を見たとたん、胸の奥に燻《くすぶ》っていた敵意や憎しみは霧散していた。

女性看護師は部屋に進み入り、嘉瀬に声をかけた。

「お知り合いの方が来てくれましたよ」

嘉瀬は顔を上げた。だが、焦点は結ばれていない。彼の眼差しは大神を見ているようで見ておらず、どこか遠くを――まるで地平線を見るように遠くを見つめていた。

大神はしばらく躊躇したものの、意を決し、嘉瀬に歩み寄った。軽くお辞儀をする。

「大神です。お久しぶりです」

「大神……」嘉瀬は皺が寄っている首を傾げた。「大神？」

眼前で見せつけられた光景にショックを受け、大神は立ちすくんだ。

彼の認知症がここまで急速に悪化しているとは――。

五歳しか年齢の変わらない彼の惨状は、いずれ訪れる自分の未来のようで、暗澹《あんたん》たる気持ちになる。

――被告人は無罪。

悪夢同然の宣告後、判決理由を読み上げている最中に法壇から転がり落ちるように倒れ込む嘉瀬の姿は、今でも鮮明に覚えている。自分が倒れかけているから、世界が傾いでいるのだと思った。だが、倒れたのは嘉瀬だった。

その後の法廷は混乱の極みだった。駆けつける救急隊員、退廷させられる被告人——。残された傍聴人が騒然と見つめる中、大神は何の関与もできず立ち尽くしていた。

頭にあったのは、これで裁判がやり直されないだろうか、ということだけだった。裁判長が交替すれば、判決も変わるかもしれない。そんな淡い希望に縋った。だが、すでに判決が宣告されている状況だったこともあり、裁判は引っくり返らなかった。

四度目の無罪判決が重くのしかかり、検察庁で立場が悪くなった。嘉瀬も全ての審理で無罪判決を出しているわけではない以上、それを受けている検察官の能力を疑われるのも無理はない。

嘉瀬の法廷に当たり、検察官人生に狂いが生じた。恨みが募り、不運を呪ったことを覚えている。

——どうせならあと半日早く倒れてくれていれば。

女性看護師は同情の顔つきで振り返った。こんな調子なんです、と言わんばかりに。

「二人きりで話をさせていただけますか」

大神は重苦しい気分のまま、口にした。

女性看護師は「もちろんです」と答え、部屋を出て行った。ドアが閉まる。

大神はデスクの下からスツールを引っ張り出し、嘉瀬の前で尻を落とした。

「……あなたのこんな姿は見たくありませんでした」

偽らざる本心だった。

仇敵《きゅうてき》の惨めな姿を目にしたときに歪んだ喜びを覚えたら、自分に失望していただろう。

嘉瀬の視線が大神の顔に注がれた。

「君は――」

「大神です」

「大神――」嘉瀬は記憶を探るように眉間に皺を寄せた。「君は――法曹関係者か」

自分自身が裁判官だったことは忘れていないらしい。

少し安堵した。

「はい。検察官です。嘉瀬さんの法廷で何度も顔を合わせました」

思い出すとっかかりになれば、と思った。何もかも忘れられていたら訪ねてきた意味がない。

「あなたが担当した審理は覚えていますか」

嘉瀬は眉を歪めた。聞こえるかどうかの声で「審理、審理、審理……」とつぶやいている。

「あなたは法廷で無罪判決を立て続けに出していました。高裁で逆転無罪を乱発していたんです」

「逆転無罪――か」

「はい」

嘉瀬は門外漢の難問に直面した顔をした。

「……君は裁判の有罪率を知っているか？」

「もちろんです。約九十九・七パーセント。無罪判決が出る可能性は極めてゼロに近い」

「そうだ。それが立て続けに？」

「だからこそ、あなたは――」〝無罪病判事〟という陰口は呑み込み、言葉を選ぶ。

「特異な裁判長として見られていました」

「私が？」

嘉瀬の瞳が戸惑いに揺れる。

「僕はあなたから四度の無罪判決を受けました」

嘉瀬は得心がいったようにうなずいた。

「……そうか、それで君は私に恨みをぶつけに来たわけか。検察庁ではずいぶん立場が悪くなっただろう」

彼が退官する前に聞かされていたら、感情が乱れたかもしれない。怒りの言葉が口をついて出ただろう。

しかし、今は違った。

大神は鞄の中の『辞職願』を意識した。腹が据わったこともあり、凪《な》いだ水面《みなも》に似た心境に至っている。

「ええ」大神は嘉瀬の眼差しを真正面から見返した。「だから僕はあなたが嫌いでした。あなたがこの世界から消えてほしいとさえ願っていた」

彼の瞳に何かの感情が宿ると思った。怒りとか悲しみ――。だが、大神を通して遠くを見ているような目は変わらない。

「でも――」大神は静かに息を吐いた。「実際にあなたが法廷から姿を消して、僕の胸には風穴が開きました」

少し冷たい風がカーテンをはためかせながら吹き込んできた。

「あなたはなぜ無罪判決を乱発したんですか」

嘉瀬が「なぜ?」と首を捻る。

「イデオロギーですか。司法制度への抗議ですか。それとも、純粋な正義感ですか」

「己の良心に従った」

嘉瀬が自分を取り戻したのだと思った。

だが――。

「――のだろうな、きっと」

嘉瀬が苦渋の滲む声で付け加えた。

「今も断言できるんですか」

顔にも苦渋の色が現れた。

「失礼ながら、今のあなたは記憶が不鮮明です。無罪判決に対して、そうありたいという願望ではないんですか」

「……私が無罪判決を出したとしたら、検察側が〝合理的な疑いを差し挟む余地がない程度の立証〟に失敗したということではないか?」

合理的な疑いを差し挟む余地がない程度の立証——。

それは法廷で求められている、有罪判決のために必要な証明の度合いだ。どのような事件でも、暴論や陰謀論など、〝絶対〟とは断言できない〝可能性〟であれば何でも言えてしまうため、一切の反論が不可能な証明を求めているわけではない。一般常識に照らし合わせて〝合理的な疑いを差し挟む余地がない程度の立証〟ができていれば、有罪認定は可能になる——ということだ。

だが、実際の裁判はもっと検察側に甘く、多少の合理的な疑いが残る程度であれば——時には世間の大勢が冤罪《えんざい》を信じるほどの反証を提示されたケースでさえ——、弁護側の主張を却下し、有罪判決を出してくれた。

「……僕は一般論じゃなく、あなたの考え方が知りたかった」

大神はつぶやくように言った。

「私の？」

「ええ。あなたは何を考えて無罪を連発したのか。退官された今なら腹を割って真意を聞けるかと思っていました」

嘉瀬の顔に苦悩の翳《かげ》りが現れた。

「今の私からは聞けんか……」

「語られる内容が真意なのか一般論なのか理想論なのか、僕には判断できませんから」

「……私は全てを忘れたわけではない」

法廷で見せていた自信満々で厳格な声ではなく、部屋に吹き込んでくる風に掻き消されそうなほど弱々しかった。

「……二年前の冤罪事件が原因ですか」

大神は問うてみた。だが、嘉瀬は答えなかった。苦悩を噛み締めるように唇を結んでいる。

嘉瀬が一審判決を支持して有罪判決を出した強盗殺人事件で、二年前、真犯人が逮捕された。冤罪の被告人が五年以上服役してからの真相発覚だった。

弁護側が訴えた無実の証拠は、嘉瀬がことごとく却下していた。まさにルーチンでの有罪判決だった。

失われた時は戻せない。社会生活も同様だ。

「嘉瀬さん」大神は言った。「冤罪被害者に対して、実際の犯罪被害のほうが圧倒的に多いんです。守るべきは犯罪被害者のほうではありませんか」

嘉瀬はゆっくり顔を持ち上げた。

「犯罪被害者のほうが多いからといって、冤罪被害者のことを考えなくても構わない、というわけではないだろう？」

「それはそうですが――」

「法を公平かつ厳格に適用することこそ、万人に対する誠実さではないか？　だから私は退官までの短い期間だとしても、私なりの裁判官のあるべき姿でいよう、と思ったのだよ」

本心だと感じた。自分自身が無罪を立て続けに出した理由を本人はしっかり自覚している。

大神は深呼吸し、手提げ鞄を開けた。中から新聞記事のコピーを取り出した。

「覚えていますか？」

大神はそれをコーヒーテーブルに置き、彼のほうへ滑らせた。

『殺人事件　元看護師に逆転無罪』

松金組組長が病院内で殺害され、一審で有罪判決を受けた水島看護師が高裁で逆転無罪判決を受けた。

「あなたはこの裁判で判決を言い渡した後、判決理由を述べている最中に倒れたんです。彼が本気で無罪だと確信していますか」

嘉瀬はまぶたを伏せると、記憶を掘り起こすように間を置いた。法壇から倒れる瞬間のことは覚えているのかどうか――。

何秒か沈黙が続いた後、嘉瀬は目を開けた。

「彼は――看護師だったな」

職業は新聞の見出しに大きく載っている。記憶の証明にはならない。

だが、指摘はせず、黙ってうなずくに留めた。

「暴力団の組長の殺害には合理的な疑いが残る。君はそうは思わんかね」

それも記事に書かれている。

「判決文を読めば、私が無罪判決に至った理由が分かるはずだ。私に改めて尋ねる必要はないだろう」

正論だ。

大神は鼻から息を抜いた。

自白調書に録取されていた水島看護師の犯行動機は、金が欲しくて病室で持ち物を漁《あさ》っているときに被害者が目を覚まし、パニックに陥って殺害に至った――というものだ。

嘉瀬の判決理由では、その部分に合理的な疑いが差し挟まれていた。

面会可能時間には組員が病室に詰めていたから、入院しているのが暴力団組長であることは周知の事実だった。金目当てで患者の持ち物を漁るにしても、わざわざ彼を選択しないだろう。だからこそ、看護師の犯行とするには不自然さがある。

嘉瀬は判決理由の中でそう断じていた。

弁護士も最終弁論でそう主張していた。正直言えば、引っかかりはした。一般人が暴力団組長だと知りつつ殺害するだろうか。

だが、別の考え方もできる。

出来心で財布に手を伸ばしてしまったとき、松金組組長が目を覚ました。見咎められ、このままでは命がないとパニックになり、自分の命を守るために衝動的な殺人に至った——。

居直り強盗というより、自己防衛のための犯行。相手の正体を知っているからこその恐怖。それはあるかもしれない。

結局、有罪をもぎ取るべく闘うしかなかった。地裁の検察官が有罪を確信して起訴し、実際に有罪判決を得ている以上、高検の検察官が手のひらを返すわけにはいかなかった。それは組織への裏切りだ。地検を敵に回してしまう。

「水島にとって、無罪判決は幸せだったんでしょうか」

問うと、嘉瀬がわずかに首を傾げた。

「有罪判決で刑務所に入ったほうが幸せだったかもしれません」

「冤罪で服役するほどの不幸が——悪夢があるかね」

大神はクリアファイルから別の新聞記事のコピーを取り出した。五日前のものだ。残酷な現実を突きつけることになると承知で、それを差し出した。

「その水島は殺されました」

6

嘉瀬幸彦は直談判するため、祖母と共に弁護士事務所を訪ねた。応接セットで藤本弁護士と向かい合う。お茶も出されないあたり、歓迎されていないことが伝わってくる。

黒髪を撫でつけた彼は、銀縁眼鏡をくいっと軽く持ち上げた。

「ご用件は？」

思いやりという概念をどこかに置き去りにしてきたような顔つきで、冷たい眼差しが印象的だった。

「祖父のお金の話です」

　幸彦は単刀直入に答えた。

　藤本弁護士は慎重な顔つきでうなずいた。

「祖父の預金を引き出したいんです」

　祖父の記憶が曖昧で、結局あの日は一筆書いてもらうことができなかった。それが悔やまれる。

「……入学金の件ですか？」

「そうです！　医学部の入学金です。あと九日以内に支払わないと、合格が取り消しになるんです」

　藤本弁護士は太ももの上で両手の指を絡み合わせた。

「君子さんにもお話ししましたが、嘉瀬氏の後見人として預金の引き出しは許可できません」

　本人を前にしても即答だった。そこには常に人情よりも法を優先する——という無情さがあった。

　だが、引き下がるわけにはいかない。

「祖父は僕の医学部受験を応援してくれていました。合格したら学費を払ってくれる約束をしていたんです」

「……直筆の同意書などはありますか?」

「ないですよ、そんなの。家族ですよ」

「夫婦であろうと親子であろうと、金銭の話をなあなあで済ませるのは間違いです」

「法律的にはそうかもしれませんけど、家族間で契約書とか同意書とか、そんな堅苦しくてよそよそしい話はしないでしょ。祖父は本当に僕を応援してくれていたんです」

「そうです!」祖母が身を乗り出した。「夫は幸彦の一番の理解者でした」

幸彦は無言でうなずき、同意を示した。実際は、一番の理解者は祖母で、祖父を説得してくれた。

藤本弁護士は猜疑心《さいぎしん》に満ちた目で二人を見た。

「……嘉瀬氏は裁判官でした。本当に医学部受験に賛成だったんですか?」

淡々とした問いだったものの、隠しきれない疑念が滲んでいる。

祖父は言葉にこそ出さなかったが、内心では法律の世界に進んでくれることを期待していたに違いない。子供のころは、法曹界のエピソードを色々話してくれたものだ。

両親を亡くして心を閉ざす孫にどう接していいか分からず、自分の知っている話をするしかなかったのかもしれないが、そのエピソードの数々は面白かった。

幸彦は返事に窮した。だが、沈黙は否定だと気づき、慌てて「もちろんです！」と力強く答えた。

「本当ですか？」

「はい」

祖父が期待している道を薄々感じていたからこそ、なおさら自分から進路は切り出せなかった。

医学部受験のことを祖母が祖父に伝えてくれたときの、一瞬だけ覗かせた残念そうな表情は記憶に残っている。

だが、それでも孫の選択を受け入れてくれた。

――学費は心配せず、挑戦しろ。

祖父の一言に勇気づけられ、医学部受験を決意した。祖父にはそれなりに貯金もあり、壁となる学費もクリアできた。勉強に集中できたのも、祖父のおかげだ。

「判事として長年勤めてきた嘉瀬氏が心から賛成し、学費も出すと言ったのか。第三者の話だけで信じるわけにはいきません」

幸彦は奥歯を嚙み締めた。目の前の理不尽への怒りが込み上げる。だが、努めて冷静な口調で訴えた。

「祖父は——僕の真剣さを理解してくれました。人を裁く道より人を救う道に進みたいって。僕が医学部に進まないほうが祖父はがっかりします。僕を医学部に入学させてください！　お願いします！」

ソファに座ったまま頭を下げた。祖母が泣きそうな声で「幸彦……」とつぶやく声が耳に入る。

しばらく沈黙が続いた。

顔を上げると、藤本弁護士が、ふう、と息を吐いた。

「……お気持ちは理解しますが、同意書などがないかぎり、許可はできません」

幸彦は拳を握り締めた。感情が掻き乱される。

〝お気持ちは理解しますが〟

理解する気もない人間の決まり文句だ。中途半端に期待を持たせず、はっきりと憎まれ役になってくれたほうがこちらも闘いやすいのに——と思う。

「祖父は本当に僕を応援してくれていました」

「私に真偽を判断することはできません」

「……何で分かってくれないんですか。祖父に学費を出してもらえないと、僕は医学部に行けないんです」

　藤本弁護士は銀縁眼鏡の奥の目を細めた。

「嘉瀬氏の財産は嘉瀬氏のものであって、あなたのものではありません。いずれ相続で自分のものになるから、という理屈で財産を遣い込む身内が相次ぐ現実があるので、後見人には慎重な判断が求められています」

　慎重ではなく、冷淡の間違いではないか。

「祖父は――立派な裁判官でした」

〝無罪病判事〟と週刊誌で揶揄され、非常識な判決を乱発している愚か者として世間で叩かれているときは、正直、迷惑に感じていた。受験勉強を邪魔されている気さえした。

　だが――。

　世間でどれほど批判されていようとも、祖父がいたからこそ今の自分がある。

「……存じています」藤本弁護士は答えた。「一審の有罪判決を覆してまで無罪判決を出せる裁判官は貴重ですからね。しかし、それとこれとは話が違います」

　無駄――か。

　何とか説得の材料を探したとき、スマートフォンが震えた。懐から取り出し、確認する。

友人からのメールだった。一応、中身だけチェックする。

『元気か？　改めて合格祝いしようぜ！』

胸に五寸釘を打ち込まれたような痛みが突き刺さる。同時に空気を読めないタイミングでのメールに苛立ちが込み上げる。状況を知らない人間は能天気だと感じてしまった。

理不尽な感情だと承知している。友人に罪は何もない。盛り上がっていたカラオケから逃げるように立ち去り、連絡もせず、翌日から高校も休んでいるのだから心配するのは当然だ。本当ならまた誘ってくれることを喜ぶべきだ。

メールの文面を睨みつけていると、藤本弁護士が「どうしました？」と訊いた。気遣ったというより、話の腰を折られたことを不快に思っている口ぶりだった。

「いや、別に――」幸彦は適当に受け流そうとし、思い直した。「合格祝いの誘いです」

答えて藤本弁護士の顔を窺う。

彼は「そうですか……」と無感情につぶやいただけだった。

「……せっかくの誘いなのに応じられません。合格したのに入学できるか分からないからです」

「同情心で預金の引き出しを認めることはできません。後見人の仕事は情に左右されず、被後見人の財産をしっかり守ることですから」

「……財産だけ守っていればいいんですか」祖母が言った。「本人の気持ちはどうなんですか。無視ですか」

「繰り返しになりますが、私にはその〝本人の気持ち〟を確認できません」

「あなたは――」祖母が憤懣《ふんまん》と悲しみがない交ぜになった声で言った。「孫の人生を奪うんですか。何の権利があるんですか」

「権利の問題ではありません。後見人としての至極真っ当な仕事です」

「夫に会ってください。本人の声を聞いてください」

「意味はありません」

「本人が学費を払うと答えれば、それは本人の意思です」

「そうとはかぎりません。認知に問題がある人間に〝偽りの事実〟を信じ込ませることは難しくありません。『こうだったでしょ』と何度も何度も執拗《しつよう》に教え込めば、そうだったかもしれない、と段々思うようになるものです」

「そんなことしていません！」

「もちろんお二人を疑っているわけではありません。ただ、現実として大金が関わっていると、人はたやすく法律や良識のラインを越えてしまうものですから」

よく言う。疑っているも同然ではないか。

「世俗に疎い老人をあの手この手で騙す詐欺がどれほど横行しているか。振り込め詐欺、投資詐欺、架空請求――。被害に遭っているのは老人です。大金を貯めているうえ、それっぽくて小難しい話をすれば、信じて何百万ものお金をポンと払う。だからこそ、狙われます。それゆえ、後見人は被後見人の財産の管理には慎重を期さねばならないのです」

「私たちは身内なんですよ。家族ですら信じられないなら、あなたはどうなんです、か？」

「私？　私が何です？」

「夫の数千万の財産を管理する権利を持っているあなたが、正しく管理してくれている保証がありますか」

「私は弁護士です」

「弁護士の横領、税理士の脱税、会計士の遣い込み――。現実に起こっている事件を知らないとは言わせません」

「……人生を捨てるほど切羽詰まってはいません」

「私たちがそれを信じられる証拠が何かありますか？」

祖母が完全に相手の論理でやり返した。

だてに裁判官の妻をしていない。理不尽な現実に立ち向かう様は格好良かった。

「……夫の預金がどれくらい残っているのか、残高を確認させてください」

藤本弁護士の眉がピクッと痙攣《けいれん》した。

「……通帳はお見せできません」

耳を疑う返事だった。

「なぜですか」幸彦は噛みついた。「家族に見せられないっておかしいでしょ」

「通帳を見せる義務は後見人にないんですよ」

「そんな馬鹿げた話がありますか」祖母も声を尖らせた。「残高をこの目で確かめさせてください」

「……必要性を感じません」

「夫の稼ぎで生活している妻なら、夫婦で通帳を共有しているのが一般的です。後見人がついたとたん、預金を確認できなくなるなんて筋が通りません。それとも何か見せられない理由でもあるんですか？」

藤本弁護士は図星を突かれたかのように唇の端を歪めた。一瞬だけ見せた反応は不自然だった。

何か隠している――。

「……口座の名義が個人単位であることからも分かるとおり、本人以外は第三者です。銀行に行って、家族の通帳を見せてくださいと訴えて許可が出ますか？」

正論で返され、幸彦は反論の言葉を失った。だが、祖母は引き下がらなかった。

「それでどう切り盛りしていけっていうんですか。大きな買い物をするときに残高も分からないと、予算も計算できません」

「それが嘉瀬氏に必要なものかどうかは私が判断します。残高も私が把握しているので心配ありません」

杓子定規で融通が利かない。

後見人がついたとたん通帳の残高も確認できず、家族のためのお金も自由に遣えなくなるなんて――。

これが成年後見制度の現実なのか。

幸彦は打ちのめされた。

7

　大神は新聞記事のコピーを差し出し続けた。

　嘉瀬は目を瞠《みは》ったまま、コピーを見た。だが、それが忌まわしい呪符でもあるかのように、手には取らない。

「殺された――」

　彼はおうむ返しにするのが精いっぱいのようだった。

「チャイムが鳴って自分のアパートのドアを開けたとたん――」大神は右手でピストルの形を作った。「三発、パンパンパン。即死でした」

　松金組組長の殺害容疑で起訴され、高裁で逆転無罪判決を受けた水島看護師は、先日、アパートの玄関で殺されていた。

「犯人は――犯人は捕まったのか？」

「松金組の組員でした。いわゆる鉄砲玉ですよ。前科《マエ》がない若い奴です。お勤めしてハクをつけてこい――というやつでしょう」

　嘉瀬は気を静めるように重々しく息を吐いた。

「……間違っている」

「報復が——ですか？」

「報復の相手が——だ。無罪になった人間だぞ」

「彼らには面子《メンツ》があります」

「……逮捕されたのは実行犯だけか？」

「指示を出した人間まではたどり着きませんよ。実行犯は『組長《オヤジ》の仇《かたき》だ』と語っているそうです。締め上げても決して指示があったとは認めないでしょう」

「下っ端が独断で暴走するかね。暴対法で締めつけが厳しい昨今、連中はバッジを振りかざしたり、組の名を出したりすることすら控えている。ましてや一般市民を拳銃で殺害した日には、組が手入れの対象になる」

嘉瀬は話しているうちに正常に戻ってきたのか。それでこそ訪ねた意味がある。

「今の松金組のトップは？」

「須賀銀二《すがぎんじ》。若頭です」

「その須賀の命令なくして実行はない」

「そうですね。しかし、実行犯が自白しないかぎり、罪には問えません」

「須賀が本丸か？」

「おそらく」

嘉瀬は目を伏せ、小さく息を吐いた。窓から吹き込む微風が肌を撫でていく。

やがて彼は目を開けた。

「殺された看護師の彼には同情する。無罪になってなお私刑で裁かれるとは――」

「ヤクザに道理は通らないでしょう」

「まるで今の世の中だな。無罪を決して赦《ゆる》さない一般人が大勢いる。被害者の遺族や身内や友人、知人でもないのに、自分が怒りを覚えている事件だと、無罪判決を認めることができず、無罪判決を受けた人間を叩き、中傷し、司法そのものが狂っていると攻撃する」

「無罪でも無実とはかぎりませんから。卑劣な犯罪者が司法の裁きを逃れたと感じるんでしょう」

「犯行現場を映した映像などの絶対的な物証が存在しないかぎり、第三者に真相は分からないものだ。善人に見えた側が悪で、悪に見えた側が善人であることもある。密室で二人きりで起こった事件ならどう証明する？」

「被害者に絶対的な物証を要求するのは間違いですし、無理です」

「もちろんだ。だが、無実で裁かれているとしたら、〝加害者〟も被害者ではないか？」

「おっしゃることには一理ありますが、罪を犯した人間が裁きを免れるとしたら、それは正義ではありません」

「……そもそも、司法に正義というものがあるのだろうか」

「あるでしょう。あなたは司法の存在を否定するんですか」

「司法は常に矛盾を抱えているものだ。完璧ではない。妄信すれば真実を見誤る」

真実――か。

果たして自分は真実を見ていただろうか。嘉瀬の問いに胸を張って答えられない。

「自白事件ならばあとは量刑だけだ。しかし、否認事件なら？」

「検察官なら被害者の言い分を信じます」

「鵜呑《うの》みかね？」

「被告人の言い分を信じるのは弁護士の役目でしょう。判断を下すのは裁判所です」

嘉瀬は苦笑を浮かべた。

「教科書のような回答だ。それは責任の放棄ではないかな？」

「そうでしょうか？」

「今の司法は、推定無罪の原則など忘れ、推定有罪がまかり通っている。起訴された時点で誰もが犯人として見ている。君が答えたように、日本の裁判の有罪率は九十九・七パーセントだ。高すぎるとは思わないかね」

「……大半は犯人の自白がありますから。否認事件に絞れば、有罪率は〇・数パーセント下がるでしょう」

「それでも高い」

「検察は有罪を確信できる事件しか起訴しません」

「それこそ傲慢ではないかね。検察が有罪無罪を勝手に判断し、選り分けている。起訴した人間の中に無実の者がいるのと同様、不起訴にした人間の中に犯人もいるだろう」

「否定はしません。しかし――」

「九十九パーセントの人間が有罪になるとすれば、無罪判決はきわめて稀《まれ》だ。裁判官にとっても、無罪判決を出すには相当の覚悟が必要だ。有罪の判決だけ書いていれば誰も敵に回さないのだから、面倒を避けたければ全て有罪にすればいい」

嘉瀬は語り続けた。

現実問題、有罪判決を書く裁判官ほど出世する。検察も喜ぶし、世間も喜ぶ。弁護士は、元々無罪判決は奇跡だと思っているから、有罪にも慣れたものだ。

一方で無罪判決が出ると、納得できない知識人やコメンテーターや一般市民が怒り狂い、『中世的な判決だ』『こんなのは人権後進国だ』『裁判官には常識がない』と批判する。袋叩きに遭う。

「――そんな損しかない判決を誰が書きたがる？　だからこそ、世の人々には無罪判決の重みを知ってほしい。有罪判決を淡々と出していれば楽なのに、そこで無罪判決を出したという重みを」

現場を離れた今だからこそ、冷静に物事を見られるようになった。改めて嘉瀬が無罪を出した事案の判決文を読むと、彼はベルトコンベアー式にルーチンワークで有罪判決が書かれる司法にたった一人で抗《あらが》うかのように、真摯に証拠と向き合っていた。不充分な立証を批判し、世論に惑わされず、感情的にもならなかった。

だが――。

メディアは苛烈だった。

逆転無罪が出るたび、嘉瀬が被害者軽視で加害者を庇《かば》い立てする悪の裁判官であるかのように批判した記事や、〝無罪病判事〟の蔑称をつけた記事、判決を嘆く遺族や被害者の無念の声を取り上げて嘉瀬の人間性を否定する記事など――。世の中にあふれ返った。

『非常識な無罪判決　被害者の無念』

『〝絶対に許せない判決です〟　被害者の悲痛な声』

『裁判所は加害者の味方か　性犯罪者を逃がす司法』

記事の一部は、恥を掻かされた検察や警察が手を回して書かせたものだ。昵懇《じっこん》の記者に対し、今回の判決でいかに被害者や遺族が悲しんでいるかを語り、裁判官の見識を疑う一言を付け加える。

嘉瀬は記憶を探るように唇を結び、しばらく黙考した。

「……君は、二〇一五年に再審で無罪判決が出た強姦冤罪事件を知っているかね」

思い当たる事件名は頭にある。

二〇〇九年、大阪地裁は、自宅で十四歳の孫娘に性的暴行を加えたとして、義理の祖父に有罪判決を出し、懲役十二年を言い渡した。

検察が有罪を確信するに足る事実関係は多かった。その祖父には、再婚相手の連れ子――当時未成年だった――と数年間、肉体関係を持っていた過去がある。

義理の娘を〝強姦〟した人間が今度は孫娘を襲った――。

検察はそう考えた。

孫娘の兄の目撃証言もあり、裁判では『十四歳の少女がありもしない強姦被害をでっち上げてまで祖父を告訴することはありえない』と有罪判決が出た。だが、服役中の二〇一四年、被害が嘘だったことを孫娘が認め、その兄も虚偽の目撃証言をしていたと白状した結果、男性は釈放された。

「再審で明らかになった事実は、『何かをされたのではないか』と大伯母や両親から何日間も執拗に問い詰められたすえ、孫娘は存在しない被害を認めたという。その兄も、『同じ家に居て被害を目撃していないはずがない』と責められた結果、怖くなって目撃したと嘘を答えた」

嘉瀬は嘆かわしそうにかぶりを振り、自分の想いを語りはじめた。微風に吹き流されそうなほど静かな声で。

そのときは、被害者の証言を鵜呑みにして物証なしで有罪にしてしまう司法の危険性を誰もが批判していた。だが、そのニュースから半年も経たずに起きた物証なき強姦無罪事件では、大勢が『少女が被害を訴えているのに無罪なんて――』『少女のことを思えば胸が潰れる』『許せない』『司法に絶望した』と声を上げた。

「その二つの騒動を目の当たりにし、所詮、世間というのはその時々でニュースや著名人が批判しているものに怒りの声を上げたいだけで、先例からは何も学ばないのだと悟った。誰も認めないだろうが、もはや犯罪報道は娯楽と化してしまった」

「しかし、先ほどの例では、連れ子との関係の件が周知されていれば、世論もまた違ったでしょう」

「それはそうだろう。しかし、過去に罪深い行為をした者であれば冤罪で有罪になっていい、というわけではない。感情で人を断頭台に上げるべきではない。私に言わせれば、無罪判決が出た人間を犯罪者として袋叩きにすることは、中世の魔女狩りだよ。法で無罪だと判決が出ても、我々は決して許さない、罰しろ、断罪しろ、という私刑の蔓延《まんえん》だ」

　高検の検察官としては、被告人の無実を信じたことはない。わずかでも疑念を抱いてしまったら、罪を追及できない。厳罰に処すべき悪辣な犯罪者だと確信しているからこそ、法廷で苛烈に攻め立てることができるのだ。

「そもそも、無罪判決で司法に絶望する理由が私には分からない。起訴された事件の〇・三パーセントしか無罪にならない現状、その〇・三パーセントが起きた事件で司法に絶望したというならば、検察が起訴した事件は問答無用で百パーセント有罪にする司法が望みなのか。そう問うてみたくなる。無罪判決が許されないならば、裁判など必要ない。警察や検察に『無条件有罪許可証』を与えればいい」

「それは……」

「大勢の良識的な人間は、戦中の特高警察のように、独断で市民を有罪認定してしまえる〝権力〟を批判してきたのではなかったか。そこに大きな矛盾を感じる」

「おっしゃることは分かります」

「このような現状を目の当たりにすると、裁判員裁判の危険性が実感できる。一般市民は感情が先立ち、証拠や証言を無視して私情で有罪厳罰を望むからだ。裁判官は常に悩み、苦しみながら判決文を書いているというのに」

大神はこめかみを掻いた。

「近年では、死刑囚が冤罪と判明したこともある。何十年も拘束されたすえ、ようやく無実が判明し、釈放された。有名な事件で言えば、『袴田《はかまだ》事件』だろう」

一九六六年に発生した強盗殺人放火事件だ。犯人として逮捕された男性は無実を訴え続けたものの、一九八〇年に最高裁が上告を棄却し、死刑判決が確定。逮捕されてから四十五年以上も拘束された二〇一四年、静岡地裁が死刑及び拘置の執行停止を決定した。検察庁が存在を否定し続けていた不利な証拠物が警察署に保管されていたことなども発覚している。

「『袴田事件』の男性の釈放に反対したり、無罪扱いについて声高《こわだか》に罵倒したりする人間はいない。メディアも世間も、無実の人間の人生を四十五年も奪った司法を批判した。冤罪を生む司法の問題点を追及した」

「……そうですね。『袴田事件』では警察と検察が悪でした。実際、逸脱した取り調べや審理があったので、当然でしょう」

「そう、『袴田事件』では誰もが男性に同情した。だが、別の無罪事件では、釈放された男性を極悪人扱いする。非常識な判決だと怒りの声を上げる。その違いは何だと思う？」

　大神は少し考え、答えた。

「無罪の証拠の説得力でしょう」

「ふむ。しかし、その証拠とやらを全て精査したうえで批判している者がいるかね」

「……いないでしょう」

「自分の目で証拠も見ず、証言も聞かず、バイアスがかかったジャーナリストの原稿用紙数枚にすぎない記事や、数百文字のＳＮＳの書き込みを見て『無罪なんて赦すまじ！』と怒り狂う。そこには、自分こそ正しく他者の有罪・無罪を判断できる人間である、自分が有罪と感じた人間は断固有罪で、自分が無罪と感じた人間は断固無罪だ、という傲慢さがあるのではないか。無罪判決を批判した人間の中に、検察庁や裁判所を訪ねて、数百ページに及ぶ判決文を全て閲覧した者が一人でもいるのか？　そこには、その司法判断の論拠が全て記されているぞ」

嘉瀬の言い分も理解できる。

義憤で書かれた記事では、判決文のほんの一部を抜き出して意訳することで、とんでもなく馬鹿げた理由で無罪を出したように見せかけている。世論を誘導するにはそれで充分だ。小難しい言い回しで書かれた数百ページの判決文など、誰も確認しない。

それは、インターネットのまとめサイトの扇情的な記事タイトルで事件や騒動の全てを知った気になる人間と変わらない。

切り貼りされたたった一文、二文で非常識な判決が出されたと感じ、感情的に司法を——いや、当の裁判官を批判する。その裁判を傍聴したこともないのに、審理中に提出された各種書面の内容も証人の証言内容も知らず、裁判官の人間性を疑う。その判決を出すに至った理由は、まったく別の重大証拠に比重を置いた結果であっても、被告人に対して行う〝説諭〟の中の一文を抜き出したり、さもそれが判決の理由であるかのように印象操作すれば、世間は誘導される。

人々の怒りの抗議は当人に伝わり、プレッシャーになる。

——裁判官は黙って有罪の判決文だけ書いていろ。

無罪判決が出た直後の検察庁では、少なからず、そのような想いが蔓延していた。

「しかし、市民が納得できない無罪もあります」

「……釈迦《しゃか》に説法をするつもりはないが、それは検察が起訴した罰条に問題があったのではないかね。罪の構成要件を満たさなければ、その罰条は適用できず、無罪にするしかない。それが法律だ」

たとえば、街中で因縁を付けた人間を一発殴った結果、不幸にも相手が死んだ場合。世間が厳罰を望むという理由で強引に殺人罪で起訴したら、殺人罪の構成要件である〝殺人の故意性〟を証明できないかぎり、殺人罪では無罪にするしかない。検察側が傷害致死罪などに訴因変更――起訴状の訴因や罰条を変えること――をせず、殺人罪で押し通せば、無罪になるのは当然だ。何しろ、裁判官は勝手に他の罪を適用できないのだから。

結果、人を殺したのに無罪なんておかしい――と批判が出ることになる。

それはあらゆる罰条に当てはまることだ。だからこそ、検察は世論や市民感情に流されず、確実に有罪にできる罰条で起訴するようにしている。時にはその罪名では生温《なまぬる》すぎると批判もされるが、構成要件を証明できない罰条で起訴して犯人を無罪放免にすることだけは避けねばならない、という想いがある。

嘉瀬が言っているのはそういう話だった。

「人は神ではない。他者を裁くことは許されない」

「……それでは司法制度の否定でしょう」

「裁判官も神ではない。君はなぜ世界の裁判所をはじめとする司法関係機関に『テミスの女神像』が飾られることが多いか、知っているかね」

テミスの女神――か。

テミスは剣と天秤《てんびん》を持った正義の女神だ。司法の公正さを象徴している。眼前に立つ者の姿を見ないように、目隠しされている。法は、貧富や肩書きや属性などの表面的なものに左右されず、万人に正しく適用されるべき、という理念に基づいているのだ。

「もちろん知っています」

「私は無神論者だが、人を裁けるとすれば神のみだろう。だが、世の秩序のため、誰かが責務を背負わねばならない。裁かねばならない。とはいえ、裁判官は神になってはいけない。人として、迷い、悩み、苦しみながらでも、判決文を書いていく」

嘉瀬の眼差しには、命を投げ出すような覚悟が宿っていた。話をして初めて分かる覚悟――。

「だからこそ、無自覚に神になろうとする者たちに違和感を覚える。それは神ではなく、魔女狩りで石を投げつける群衆にすぎない」

「あなたは司法そのものに抗おうとしていたんですか？」

「私は英雄ではないよ。司法に革命を起こそうなどという、大それた思想や野望は持っていなかった。どんなものであれ、現状を変えるにはリスクが付き物だ。自分の主義主張こそ絶対正義だというイデオロギーに囚《とら》われて暴走すれば、必ず亀裂を生む。私は混沌とした世界は望んでいない」

「それでは何のために立て続けに無罪判決を――？」

嘉瀬は小首を傾げた。

「愚問ではないか。証拠不充分で、立証も不完全だと感じたからこそ、良心に従ったにすぎない」

たしかに愚問だった。誠実に司法に向き合っている裁判官に勝手にイデオロギーを見ていたのは、検察や世間のほうだった。

大神は天井を仰ぎ見ると、息を吐いた。

「君は――」嘉瀬が問うた。「何をするつもりだ？」

大神は彼に顔を戻した。

何をするつもりなのか。むしろ、何をしなければいけないのか。自分が背負う罪と責任——。

「須賀銀二の逮捕。僕が望むのはそれだけです」

　嘉瀬は小さくうなずいた。

「親玉——か」

「水島の殺害を命じたのは間違いありません」

「そうだとしても、捜査は警察の領分だろう？　高検の検察官の出る幕ではない」

「分かっています。しかし、座して待てません。警察は実行犯の逮捕で幕引きをはかっています」

「癒着——か」

「そこまでの裏はないでしょう。ただ、暴力団と警察は昔からなあなあでやってきましたから」

　持ちつ持たれつ——と言えば言いすぎだろうが、暴力団同士の抗争で死者が出ても、〝実行犯〟を差し出されれば、それ以上踏み込まず、解決としてきた。その代わり、一般市民に犠牲を出せば容赦はしないぞ、というわけだ。

　綺麗事で秩序を保てないことは分かっている。引き際を間違えると、警察と暴力団の全面戦争になりかねない。一般市民に大勢の犠牲者が出るリスクを回避するためには、相手の面子《メンツ》も立てておく必要がある。

もちろん、それだけが理由ではない。

暴力団には縄張り《シマ》があり、微妙なバランスで平穏を保っている。どこかの組が崩壊すれば、そのシマを狙う別の組が混乱に乗じて進出し、抗争に発展する。半壊している組も、存亡をかけて戦うだろう。

街中で銃撃戦が起きたらどうなるか。

本来ならば、嘉瀬の言うとおり高検の検察官が出しゃばる問題ではない。首を突っ込むメリットもない。職分を超えている。

だが——。

「もし水島が無実であったなら、彼を殺したのは、他ならぬ検察です」

大神は食いしばった歯の隙間から絞り出すように、言った。拳に力が入る。

そう、本当に水島看護師が無実だったなら——。

松金組の報復で死なせてしまった。

責任は誰にある？　誤認逮捕した警察か。起訴に持ち込んだ地検か。無実の可能性を一切疑わずに法廷で責め立てたうえ、逆転無罪に無念と怒りを表明した高検か。

「……君は責任を感じているのか？」

「罪悪感です」

三度の無罪判決を受け、検察庁の中で針のむしろになった。もう失敗は許されない——。そんな心境に陥り、嘉瀬の法廷では何が何でも有罪をもぎ取ってやる、と息巻いた。空回りし、平静さを欠いていた。

弁護側の主張も、嘉瀬の判決理由も、今思えば筋が通っている。

病室に組員が護衛として詰めていたのだから、患者が組関係者——しかも地位が高い人間——だと明白だった。弁護側証人の病院関係者たちは、病院内でも周知の事実だったと語っている。水島看護師は「ちょっと怖いですね」と話したという。

検面調書——検察官が被疑者から録取した調書——によると、水島看護師は自白調書と同じ内容を繰り返していた。被害者の就寝中に病室で財布を漁っていたところ、目覚めて咎められ、恐慌に陥り、思わず顔に枕を押しつけて殺害してしまった——と。

実際、水島看護師は金に困っていた。貯金はなく、クレジットカードも限度額まで遣ったうえ、支払いが滞り、止められている。カードで購入していたのは、主に生活必需品や食品だった。それほど贅沢をしているわけではなかった。看護師の薄給では、資金計画に失敗すればあっという間に困窮するということだろう。

追い詰められての窃盗行為とはいえ、なぜわざわざ松金組組長の財布を狙ったのか。

一般的な患者よりは大金を所持している可能性はあるが、あまりにリスクが高いではないか。仮にその場で見つからなかったとしても、財布が盗まれたと大騒ぎになれば、病院内で大問題となるだろう。

監視カメラの映像などで犯行が発覚すれば、命の危険がある。返金して赦される話ではない。

切羽詰まっていたとしても、標的に選ぶのは最後ではないか。なぜ最初に狙ったのか。

そう、病院内で他に窃盗事件は発生していない。つまり、水島看護師は真っ先に松金組組長の財布を狙ったことになる。

アタッシェケースに札束を詰めて所持していたというなら、まだ理解できる。だが、財布の中に大金があるとは思えない。実際、捜査資料によると、松金組組長の財布に入っていたのは、一万円札が五枚とカード類だけだった。

いくら金に困っているとはいえ、給料日を三日後に控えていながら、数万円のために命を懸ける価値があるとは思えない――。

弁護側の主張には理があった。

だが、耳を貸さなかった。四度目の無罪判決を避けるため、ただただ必死だった。

――松金組組長の財布に大した金額がないことは、被告人には知る由もなかった。結果論の金額で動機を否定することはできない。松金組組長を標的にしたのも、ヤクザの汚い金であれば盗んでも罪悪感がないからだ。

そう結論づけ、有罪判決をもぎ取るために闘った。その結果がこれだ。

検察側の論理は徹底的に否定され、無罪判決が出た。そして釈放された水島看護師が報復で射殺された。

「検察は――僕は間違っていたと思いますか」

目を細めた嘉瀬の眼差しは、同情を湛《たた》えているようでもあり、試すようでもあった。

「私に答えを求めるのかね」

「……すみません、またしても愚問でした」

「謝る必要はない。君の心情は理解できる。検察庁の中に相談できる人間がいないのだろう？」

おめおめと無罪判決を受けたあげく、その事件の担当検察官が過ちを認めるなど――あってはならない。滅多なことは口走るな、と釘を刺されるだけだ。

かといって、敵側の弁護士に相談する話でもない。担当検察官の言質を取られたら、大騒動になるだろう。

「私なら、相談した翌日には忘れているかもしれない。君がそう考えたとしても罪はない」

「いえ」大神は首を横に振った。「あなたが忘れてしまうことを僕は望みません」

嘉瀬は小さく首を傾げた。

「本当です。正直な気持ちです。ただ――あなたと話したかったんです」

大神は懐から『辞職願』を取り出し、丸形のテーブルに置いた。嘉瀬は瞳だけを動かし、一瞥した。表情は変わらなかった。

「君の責任の取り方か……」

声には咎めるようなニュアンスが混じっていた。

「……そんなに格好いいものではありませんよ」大神は苦笑した。「単なる無責任な人間の自暴自棄です。検察に居場所がなくなって、組織に失望したんです」

「そうか……」

「ただ、検察官人生の最後くらい、僕の好きにさせてもらおうと思いました。殺人の責任は――松金組に取らせます」

8

嘉瀬幸彦が訪ねたのは、都内のビルの三階にあるＮＰＯ団体だった。ネットで検索したらヒットした。

成年後見制度の問題点を周知し、被害者の相談などに応じている団体だという。

幸彦は事務所のドアを開けた。男女数人が事務机に向かい、書類仕事をしたり、電話を受けたりしている。

「初めまして。お電話した嘉瀬です」

挨拶すると、スカートスーツを着込んだ中年女性が迎えてくれた。人生経験が皺となって刻まれているような顔で、黒く染めたセミロングの髪が頬を縁取っている。彼女は平川亜季《ひらかわあき》と名乗った。向かい合ってソファに座る。

事務員の一人がお茶を運んできて、ローテーブルに置いた。

「成年後見制度でお困りだとか」

彼女が切り出した。

「はい。知らない弁護士が後見人になってしまって、祖父のお金を遣えなくなってしまったんです。祖母と二人で訴えても融通が利かなくて、僕ら素人にはなす術がなくて……」

幸彦は自分の事情を説明した。医学部合格の話、祖父との約束、入学金の振り込みまで時間がないこと――。

彼女がときおり挟む質問にも答えていく。

話し終えると、彼女は同情するように眉を寄せた。ふう、と重いため息をつく。

「どうやら、成年後見制度の闇に足を踏み入れてしまったようですね」

「闇――ですか」

「そうです。成年後見制度は高齢者や障害者を苦しめる制度です。それを知らず、大勢が縋って被害に遭います」

幸彦は茶に口をつけ、喋り続けて渇いた喉を潤した。

「数年後には日本国民の三分の一が六十五歳以上になり、そのうち五人に一人が認知症になると言われています。そんな事情もあり、作られたのが成年後見制度です。しかし、現状、まともに機能していません」

幸彦は黙ってうなずいた。

「こんなことなら利用しなきゃよかった、という後悔の声ばかり聞きます」

平川亜季は、成年後見制度に申し込んだら親族が後見人に選ばれる割合が二十五パーセントを切っていることや、家族はおろか被後見人本人の意思すら無視される現実を語った。

「そうなんです」幸彦は言った。「後見人に選ばれた弁護士は何もしてくれません」

「……決して珍しくありません。弁護士や司法書士の後見人を職業後見人というのですが、職業後見人がすることといったら、通帳を預かって、一回か二回、本人に面会して、年に一回、後見事務の報告書を家裁に提出するだけです」

「本当にたったそれだけなんですか？」

「そうです。そもそも、後見人の活動内容には法律などによる細かい規定がありません」

「嘘でしょ！」

「意外でしたか？　しかし、事実です」

「じゃあ、何もしなくても不適格にならないじゃないですか。年一の報告書は大変なんですか？」

「個人事業主の確定申告のほうがよほど苦労するでしょうね。報告書はチェック方式なので、プロなら三十分もあれば作成できてしまいます」

「三十分――」

「職業後見人にとって、後見人ほど楽に稼げる仕事はないんです。預貯金が五千万以上ある方の後見人になれば、ほとんど仕事をせずに年間七十万前後の報酬を得られますからね」

「祖父の預金がどんどん食い潰されていくんですね……」

「親族が後見人に選ばれれば、払わなくてもいいお金です。親族であれば、被後見人と日ごろから会っていますし、本人の希望や意思もよく理解しているわけです。結局、年に一回の報告書作成のためだけに何十万も払っていることになります」

ショックで眩暈がした。

一年に七十万円もあれば、どれほど学費の助けになることか。弁護士がハイエナにしか見えなくなった。祖父の金庫に連結したパイプから硬貨がカジノの大当たりのようにじゃらじゃらと吐き出され、弁護士のもとへ流れていくイメージが浮かんだ。

裁判所によって一方的に選ばれた弁護士に、我が家の財産の全てを管理されてしまっている。

「あなたは大学の学費が出ずに困っているんですよね」

「はい。引き出す許可が出ないんです。全てを数字でしか見ていないような弁護士で、財産さえ減らさなければ義務を果たしているると思っているのか、祖父本人の意思なんて一切想像もしてくれません」

彼女は嘆かわしそうにかぶりを振った。

「おそらく、その弁護士が学費を認めることはないでしょう。それは義務とか職務とか、そんなご立派なものじゃないんです」

「どういうことですか」

「後見人の報酬は被後見人の預貯金の金額に左右されるからです」

幸彦ははっと目を瞠った。

——預貯金が一千万以下だと月額二万、一千万以上五千万以下だと月額三、四万です。

藤本弁護士は祖母にそう説明したという。報酬額は弁護士が好き勝手に決められるわけではなく、裁判官が案件ごとに決定するらしい。

祖父の預貯金が五千万を切れば、報酬額は三十六万から四十八万だ。現状からは最大で三十六万円も下がることになる。職業後見人にとっては、被後見人の預貯金を減らさないことが肝要なのだ。高額の収入を保つためには。

どうりで頑《かたく》なに学費の捻出を拒否するわけだ。

被後見人の財産を守るのが責務——などともっともらしい話をしておきながら、その実、私利私欲があったのか。

「じゃあ、それを突きつけたら——」

「無理でしょう」彼女は残念そうに言った。「内心の思惑など、否定されれば証明できません。弁護士は、あくまで被後見人の財産を最優先に考えた結果、と答えるでしょう」

落胆のため息が漏れる。

成年後見制度は何のために存在するのか。職業後見人が利益を貪《むさぼ》り、家族も本人も損をする。

「一番悲惨なのは、障害のある子供の親です。子供の将来のために子供名義で積み立てていた貯金が後見人に吸い取られていきます。ハンコや通帳を奪われ、後見人の報酬という形で子供が死ぬまで何十年も貯金が食い潰されていくんです」

「辞めさせることはできないんですか?」

「信じられないでしょうが、後見人が横領していたり、被後見人に被害を与えている事実がないかぎり、解任はできません。家族の希望に合わないとか、後見人が気に食わないとか、通帳を見せてくれないとか、その程度では無理です。何とか解任できたとしても、また別の後見人がつくだけです」

悪夢としか思えなかった。

相手は法律を熟知した弁護士で、解任に繋がる手落ちがないように立ち回っている。

「国も自治体も銀行も不動産屋も、こぞって成年後見制度を推進しています。制度の現実を何一つ知らない方々が安易に申し立ててしまって、被害に遭っているんです。あなたのお祖父《じい》さまは家裁で意見を述べる機会を与えられましたか？」

「意見？」

「家事事件手続法では、被後見人になる本人の意見陳述を聞かなければいけない、と定められているんです」

祖母からその辺りの詳しい話は聞かされていないものの、きっとなかったと思う。意見を述べる機会があれば、裁判官である祖父は成年後見人に同意しなかったのではないか。

彼女が苦笑いした。

「どうやら、その反応だと、なかったようですね。自分に後見人がつくことを知らないなんて、普通ならあり得ない話なんですが、現実には起こっているんです。四親等以内の親族なら誰でも申し立てられるので、気がついたら自分に後見人がついていて、預貯金も自由に遣えなくなる、なんて悪夢もあります」

「何とかする方法はないんですか」

「……書面で弁護士に要望を伝えて様子を見ましょう。家裁に監督処分の申し立てをする手もありますが、弁護士会に懲戒請求するには決定打がなさすぎます」

「でも、書面って、何を書けば――」

「嘉瀬さんの例だと、やはりご本人への面会を要求するのがベターかと思います。元裁判官なら、立場上、弁護士より強いはずですから。構いませんか？」

すぐには答えられなかった。

面会――か。

介護施設で祖父に会ったときの様子が蘇《よみがえ》る。

――さすが私の孫だ。頑張って法学部に合格したのか。

――医学部か。お前は医学の道に進むのか？

祖父は医学部ではなく法学部に合格したと思い込んでいた。何度も同じことを答えねばならなかった。

――誰の学費を私が出すんだ？

――私が学費を出すのか？

学費の約束もすっかり忘れていた。もし藤本弁護士が祖父に会い、同じような反応をされたらどう受け止めるだろう。

やっぱり祖父は法学部を望んでいて、医学部の学費を出すつもりがなかったのではないか。きっとそう考える。

祖父に約束を思い出してもらうためには、根気強くその話を繰り返すしかなかった。そうしなければ何も覚えていなかった。

藤本弁護士の前でそのようなやり取りをするはめになったら最悪だ。その姿は、証人に無理やり答えを押しつける誘導尋問のように見えるだろう。

面会日が運悪く祖父の症状の重い日だったら、学費の引き出しを拒否する格好の口実を与えるかもしれない。祖父の認知症に付け込んで財産を遣い込もうとしていると完全に誤解される。

想像するだけで胃が痛くなる。

だが、他に方法はない。

暗澹たる心地だった。

幸彦は祖父が先日の話をしっかり覚えていることを願いながら、「お願いします」とうなずいた。

9

ボクシングジムの中には汗の匂いが充満していた。

スポーツウェアに着替えた大神は、拳を保護する包帯《バンテージ》の上から赤色のグローブを嵌《は》めると、サンドバッグの前に立った。

隣には、筋肉質の男を精巧に再現したスタンディング人形に、パンチを浴びせている女性がいた。人体を打つ籠った音と共に、汗の粒が弾けている。

奥には、リズミカルにパンチングボールを叩いている男性や、縄跳びをしている男性がいた。

大神は若者たちに負けじとパンチを放った。

怒りの感情のままに何かをぶん殴ることはストレス解消になる。人によっては、学校で誰かをいじめることかもしれないし、SNSで気に食わない人間や〝悪人〟を袋叩きにすることかもしれない。どちらも本質は同じで、不健全だと思っている。だから自分は――無機物《サンドバッグ》に感情をぶつける。

無罪判決を受けるたび、ボクシングジムに足を運び、サンドバッグを揺らしたものだ。

今日は――決意を固めるための拳だった。

五十八歳の肉体は、十分もサンドバッグを叩くと、息が切れる。

大神はサンドバッグを挟むように摑んで支えにし、肩で息をした。自分の汗の匂いを嗅ぎながら呼吸を整える。

松金組――。

組長殺害の報復で水島看護師を射殺した。実行犯の逮捕・起訴で終わらせるつもりはなかった。

いや、終わらせてはいけない。

大神は最後に渾身の一発をお見舞いし、グローブを外した。更衣室に併設されたシャワー室で汗を流し、服を着る。時刻は午後八時半になっていた。

大神は、けばけばしい原色のネオン看板がぎらつく繁華街へ足を運んだ。風俗店やキャバクラ、ホストクラブが派手な電飾の看板で客を奪い合っている。

酔っ払ったサラリーマンには不釣り合いな美女が腕を組み、一緒に飲食店のほうへ消えていく。同伴か。

高校生にしか見えない少女が精いっぱいの化粧で大人に見せ、徘徊している。援助交際の相手を探しているわけではないだろうが――。

大人の欲望に食い物にされないことを祈る。

大神は歩き続けた。

喧嘩腰の大声が耳に入ってきたのは、そのときだった。繁華街のど真ん中――中華料理店の前でトラブルのようだ。何人かの野次馬が遠巻きにしている。

大神は騒動の現場に近づいた。

ダークグレーのジャケットを着た中肉中背の男と、ひょろっとした若者が向き合っている。

「みかじめ料の話って言や、分かんだろ」

男が威嚇的に言うと、若者の顔が青ざめた。

「い、いや、勘弁してくださいよ。こっちも入り用で――」

「んな言い分がきくか」男が若者の肩を力強く抱き寄せた。「ま、じっくり二人っきりで話そうや」

引っ張っていこうとする。

「――ねえ、ヤバイよ」野次馬の女性が隣の青年に囁きかけている。「止めなきゃ」

「俺に言うなよ。ヤクザだろ、あれ。関わりたくねえよ」

「かっこわる」

「そんなこと言うなら、お前が止めに行けよ。女なら殴られねえだろ」

「はあ？　最低！」

囁き交わされるやり取りを横目に大神は苦笑した。一息つき、揉めている二人組に近づいた。

「……熊澤《くまざわ》さん」

呼びかけると、男が振り返った。

「あ、大神さん」

「街に出ていると聞いたので」

「ご無沙汰です。どうしました？」

「松金組の件です」

「……水島殺しですか？」

「ええ」

熊澤は短髪の頭をがりがりと掻き毟り、舌を鳴らした。若者を突き放す。

「今日は見逃してやる。次に取り立てに現れたらぶち込むぞ」

「すんません」

若者は卑屈な顔でぺこりと頭を下げ、そそくさと逃げ去った。大方、暴力団の構成員だろう。店にみかじめ料──暴力団が飲食店などから受け取る用心棒代──を要求するのは、立派な恐喝《きょうかつ》になる。しのぎが厳しい組はなりふり構わず、一般市民から金銭を巻き上げようとする。

熊澤が大神に向き直った。

熊澤重光《しげみつ》。所轄のマル暴──暴力団対策を行う組織犯罪対策課──の捜査官だ。熊というより、狼のイメージがよく似合う。

「松金組の若いの、引っ張ったでしょう？」

「はい」熊澤がうなずいた。「実行犯です」

「落としたんでしょう？」

「本丸にはたどり着かないでしょうけどね。そういや、水島の裁判、大神さんの担当でしたね。逆転無罪は残念でした」

大神は小さくうなずくに留めた。

「警察《こっち》も報復の可能性を考えて、水島を張ってたんですけどね。大雨に乗じてやられちまいました。二班の失態です」

「それでも逮捕は早かったですね」

「実行犯——辻本《つじもと》翔梧《しょうご》って二十一の若者ですけどね。逃亡して愛人の住居に転がり込んでたんですが、松金組がさっさと売っちまいましてね」

松金組が実行犯を売った——？

いぶかしんだことを察したらしく、熊澤は続けた。

「危機管理というやつですよ。捜査の手が組に及ぶのを避けたんでしょうね」

なるほど、松金組としては辻本が勤めを果たした後、逃亡を図るとは想像もしなかったのだろう。自首までが命令だったに違いない。だが、実行した殺人の恐怖に取り憑かれたか、辻本は逃亡した。松金組はこのままでは組がガサ入れされかねないと焦り、辻本の情報を提供した——。

そういうところだろう。

「その辺りの話、ゆっくり聞かせていただけませんか」

熊澤が怪訝な顔つきをした。

「高検の検察官の登場はまだ早いでしょう？」

大神は答えなかった。いや、答える術を持っていなかった。自分が持て余している感情をどう説明すれば伝わるのか、分からない。

黙っていると、熊澤は困惑したように若干眉を顰《ひそ》めた。だが、すぐに訳知り顔でうなずいた。

「……馴染みの居酒屋でも？」

「もちろんです」

熊澤とは地検の検察官時代に知り合った。とはいえ、会話したことは数えるほどしかないが。

熊澤の案内で暖簾をくぐったのは、客が一人しかいない居酒屋だ。木製のテーブルが並び、年季の入ったメニューが置いてある。一番奥の席で向き合って座った。最近の飲食店にしては珍しく、片隅に灰皿がある。

ウエイターやウエイトレスはおらず、紫紺《しこん》のバンダナを巻いた黒い丸首シャツの料理人が厨房に一人だけだ。熊澤が声を上げる。

「おやじさん、焼酎を瓶で」

料理人が「あいよ」と気軽に応じる。

「僕はコーヒーを」

料理人は一瞥も寄越さず、「んな洒落《しゃれ》たもんはねえよ」と言い捨てた。

大神は苦笑いしながら頰を搔き、メニューを開いた。ビールに焼酎に日本酒――。

そして数種のつまみ。メインは唐揚げやソーセージだった。

いく。

「あいよ」

料理人が二人の酒を持ってきて、テーブルに置いた。無愛想な態度で厨房へ戻っていく。

熊澤はその後ろ姿を見ながら、口を開いた。

「おやじさんはみかじめ料の要求を突っぱねて以来、執拗な嫌がらせを受けていたんですけど、俺がチンピラを叩き出してからの付き合いで。まあ、チンピラがたむろしなくても閑古鳥《かんこどり》は相変わらずですか」

料理人が「余計なお世話だ」と素っ気なく返し、厨房に姿を消した。

「気骨があるおやじさんですよ」熊澤は焼酎に口をつけた。ふう、と息を吐き、大神に目を据える。「ここなら落ち着いて話せます」

「お気遣いどうも」

「訳ありのようでしたから。直接俺を訪ねてくるなんて、よっぽどの事情なんでしょう?」

「……事情というか、私情です」

熊澤はふっと笑みをこぼした。

「では、日本酒を」

「大神さんらしからぬ言葉ですね」

「僕もそう思います」

私情で動いたことはない。被害者感情に寄り添っているつもりでも、心の中ではどこか距離を取っていた。常に規範を逸脱せず、上司の指示には従順で、目の前の審理で有罪をもぎ取ることだけを考えてきた。組織からはみ出すことを恐れていた。

だが――。

嘉瀬の無罪乱発で価値観が変わった。

死に瀕した人間は、最初は現実を〝否認〟し、次になぜ自分なのだと〝怒り〟、神に〝取引〟を望み、それが不可能だと分かるや〝抑鬱《よくうつ》〟に陥り、最後に死を受け入れる〝受容〟に至るという。

まさに自分がそうだった。

初めての逆転無罪に動揺し、現実を否定した。そして嘉瀬に怒りを覚えた。内心で毒づき、同僚に愚痴った。次の判決言い渡しの瞬間は神に祈る心地だった。その後は追い詰められた心境で、自暴自棄になる寸前の絶望に打ちのめされた。

現実を受け入れられるようになったのは、水島看護師の事件で四度目の無罪判決を受けた後だった。上司の叱責や、同僚の憐みの目に晒《さら》され、もう自分には出世の見込みはない、と思い知った。そのとき、初めて物事を俯瞰《ふかん》して見られるようになった。

嘉瀬は偏見と思い込みに囚われず、証拠と証言を誠実に精査して判決を出していた。

無罪の可能性に目をつぶり、見てみぬふりをし、有罪前提で被告人を断罪していたのは、自分を含めた検察官であり、マスコミであり、世間だった。

そう気づいたとき、水島看護師の死を知った。自分自身、その責任からは逃れられない気がした。

――償いにならない償い。

単なる意地だった。

「……辻本を逮捕したのは熊澤さんだと聞きました」

「ええ。辻本の愛人のアパートに踏み込み、身柄を押さえました。素っ裸でベッドに入っていて、逃げられませんでしたね」

「その辺りの話を聞かせてください」

熊澤はうなずくと、詳細を語りはじめた。

水島射殺の一報を受けた所轄署内は、騒然としていた。警察としては、松金組の報復を予期していたにもかかわらず、まんまと出し抜かれた格好になる。

水島を張っていた事実は箝口令《かんこうれい》が敷かれた。住宅地での発砲事件に住民の不安も募り、メディアの報道も早かったが、警察の失態は報じられなかった。

松金組組長殺しで起訴され、高裁で逆転無罪を受けた元看護師が射殺された――。ニュースは、無罪判決を受けた人間が無残に殺された、という論調で一貫していた。逃亡犯の情報がなくても、誰もが松金組の犯行と確信しているだろう。

「マスコミも騒いでいる。何が何でも犯人を迅速に逮捕しろ！」

捜査会議では檄《げき》が飛んだ。

組対課としては、万が一松金組が関与していなかったとしても、この事件を機に組を牽制《けんせい》しておきたい。

組長の松金大治が殺された。跡目を継ぐのは必然的に若頭の須賀銀二だ。須賀は松金組きっての武闘派で、彼がトップに立てば、組同士の抗争が勃発しかねない。

一年半前に対立組織の構成員の遺体が港で上がったのも、須賀が手下に命じて始末させたのだと確信している。縄張りを荒らされた報復だったのだろう。だが、物証はなく、逮捕には至らなかった。

ただ、それ以降は組同士が緊迫することもなく、警察も幹部や組員を強引にしょっ引くようなまねはしなかった。危ういバランスで成り立っている組の均衡を崩したくなかったのだ。一つの組が勢力を失えば、その機に乗じてシマの拡大に乗り出す組がある。そうなれば抗争へ一直線だ。

抗争は、街にはびこる暴力団を一網打尽にする好機にはなるが、一般市民に犠牲者を出すリスクと隣り合わせだ。警察にそこまでの覚悟ができるのか。

命令系統の頂点に立った須賀を抑え込んでおくには、警察の目が光っていることを見せつけるしかない。

熊澤は松金組の事務所に乗り込んだ。チャイムを鳴らして名乗ると、柄物のポロシャツを着た下っ端がドアを開けた。

「あ、熊の旦那……」

強面《こわもて》の下っ端が動揺を見せる。

「射殺の件って言や、分かんだろ、え?」

下っ端は引き攣《つ》った顔で目を泳がせると、事務所内を振り返った。

入り口に鎮座するマホガニーのキャビネットには木彫りの熊が置かれ、昇り竜の掛け軸に出迎えられる。中央に黒革張りのソファと大理石のテーブルが設《しつら》えられ、奥の壁には毛筆で書かれた『乾坤一擲《けんこんいってき》』の文字が掲げられている。

数人の眼差しが一斉に注がれた。

熊澤は、股を開いてソファに座っている男の前に突き進んだ。大きく開いた襟から刺青《いれずみ》が覗く漆黒のシャツの上に、白色の高級スーツを合わせている。体格がよく、ネックレスと指輪が蛍光灯に光っていた。太い黒眉となめし革のような顔の皺が貫禄を作っている。

須賀だ。

「おう」須賀は紫煙を吐き出すと、煙草をクリスタルの灰皿でにじり消した。「朝っぱらから騒がしいな」

熊澤は対面のソファに尻を落とした。

「分かってんだろ。水島殺しだ」

須賀はふうと息を吐き、猪首《いくび》を回した。

「……組長《オヤジ》を殺しやがった看護師か。押し込み強盗に殺されたらしいな」

「金バッジ付けた押し込み強盗じゃねえのか、え？」

「弁護士か？」

須賀は、くっくっくっと笑みを漏らした。

「とぼけんじゃねえ！」熊澤は大理石の天板に手のひらを叩きつけた。重厚な灰皿が軽く跳ね、灰が散る。「〝松金〟の文字が彫られた金バッジだ」

「……人聞き悪《わり》いな。警察《サツ》に睨まれてんのに、そんなまねするわけねえよ」

「ほう?」

熊澤は懐から煙草を取り出すと、安物のライターで火を点けた。喉に辛い一本で一服し、挑発的な態度を作って須賀をねめつける。

「日和《ひよ》ってんな、須賀」

「あ?」

「オヤジが殺されたってのに、どこの誰とも知らない押し込み強盗に先を越されちまったんだろ」

須賀は唇の片端をピクッと痙攣させた。

「それじゃ組の面子《メンツ》が立たないいんじゃねえか、え?」

「……ヤクザの世界をよく理解してんだな」須賀は皮肉な口ぶりで言った。「どうだ、転職しねえか?」

「一般市民から搾取した金で飯を食えってのか?」

須賀は薄笑いを漏らした。

「今と変わらねえじゃねえか。市民から絞り上げた税金《かね》で飯食ってんだからよ」

熊澤は挑発を無視した。

「……大事だろ、面子」

「無実の一般人は殺《や》らねえよ」

「松金組は水島を無実とは思っていなかった。だろ？　〝無罪病判事〟の判決を信じるわけないよな」

　須賀は人差し指で鼻の下をこすった。

「むしろ、釈放されて出てきて好都合だったろ。刑務所の中じゃ、おやじの仇を取るのは難しいしな。誰にやらせた？」

　須賀は薄笑いを浮かべ、肩をすくめてみせた。

「実行犯は誰だ？」

「知らねえな」

「肩を叩いて拳銃《チャカ》渡して、『男になってこい』って言や、それで事足りる」

　熊澤は煙草を吸い、煙を須賀のほうへ吐いた。彼は払いもせず、煙の中で笑みを深めた。

「誰か差し出せよ、おい」

　須賀は右眉を持ち上げた。

「そっちと同じでこっちにも面子があんだよ。犯人を野放しにしたままじゃ、おさまらねえ。ガサ入れされたくねえだろ」

須賀は小さく舌打ちすると、嘆息し、背もたれにふんぞり返った。たっぷり間を取る。

組の人間を差し出すのだから、子分たちの手前、警察に屈したように見えるわけにはいかないのだ。それも若頭としての面子だ。

「そういや――」須賀は口を開くと、柄シャツの男を見やった。「一昨日から姿を見せてねえ奴がいたよな」

男が当惑しながら答える。

「辻本の奴ですね」

熊澤は男を見据えた。

「辻本？」

「は、はい。辻本翔梧って奴です。たしかに一昨日から連絡がつかないんです」

「そいつが実行犯か」

「い、いや、それは――」

男が言いよどむと、須賀が横から口出しした。

「それを調べんのは警察の仕事だろ。ま、うちは血の気が多いのがいるからよ。独断で暴走したかもしれねえな」

松金組も、最初から逮捕前提で鉄砲玉を放ったのだろう。敵対組織の組員の殺害と違い、今回は一般人に組長《オヤジ》を殺されたのだから見せしめが必要だった。面子を保つために。だからこそ、素直に実行犯を差し出したのだ。

熊澤は辻本の住居を聞き出してから、松金組の事務所を後にした。


大神は黙って聞いていた。

「――その後は辻本のヤサに踏み込むも、もぬけの殻で、もう一度松金組に乗り込んで辻本の愛人の存在を聞き出しました」

熊澤は語り終えると、焼酎に口をつけた。

大神は日本酒のグラスに手を伸ばしたものの、口には運ばなかった。

「辻本は水島殺しを吐いたんでしたね」

「ええ」熊澤がうなずいた。「組の意思じゃないと言い張ってます」

「……熊澤さんはそれで納得したんですか？」

彼はグラスを摘まんだまま首を傾げた。

「この辺りが落としどころでしょう。警察も松金組と全面戦争する気はないでしょうし、実際、水島を殺したのは辻本で間違いありません」

「僕はね——」大神はグラスを睨みつけた。「落としてやりたくないんですよ」

「え？」

「指示を出した人間まで罪に問いたいんです」

「須賀銀二……」

「そうです。若い衆が命令なく拳銃を弾いたりはしないでしょう。今回の事件は組の面子のための報復です」

「実行犯でない以上、須賀まではたどり着きませんよ」

「たとえば——辻本に吐かせればどうです？」

「須賀の命令があったと？」

「そうすれば須賀を引っ張れます」

熊澤は焼酎を一息に呷《あお》った。

「若頭を売るようならそもそも実行犯に選ばれないでしょう」

「何か方法はあるはずです」

「須賀まで釣り上げようとしたら戦争になりますよ」

「……暗黙の不可侵条約など、そろそろ破棄すべきなんです。警察が暴力団と共存してどうします？」

「正論です。しかし、警察が一線を踏み越えないからこそ、向こうも抑えているところがあります。警察が踏み込めば、猛犬の鎖を断ち切るようなものです。それでも——」

「はい。須賀に罪を償わせます」

熊澤は渋面でうなると、人差し指と親指で顎をしごくようにした。

「……熊澤さんは水島犯人説に異を唱えたんでしょう？」

熊澤は苦笑した。

「よくご存じで」

「署内の噂で」

熊澤は首筋を掻いた。

「……素人が松金組の組長を殺害するとはとても思えなかったので」

——やはりそこか。

「松金を殺したのが水島でなかったなら、警察の誤認逮捕と検察の誤認起訴が彼の死を招いてしまったんです」大神は言った。「冤罪で逮捕されたあげく、死刑まで執行された——」

熊澤が唇を嚙む。

「罪滅ぼしというわけではありませんが、実行犯の逮捕だけで済ませられません」

最初から最後まで警察と検察の失態だった。

警察が誤認逮捕で水島を逮捕し、地検が起訴した。控訴審では逆転無罪が出たものの、警察は松金組に狙われる可能性があると分かっていながら、みすみす殺させてしまった。水島を張っていた刑事たちは何をしていたのか。

「手を貸してくれませんか、熊澤さん」

「……自分など、一介の捜査官にすぎません。一人で何ができます?」

諦念の眼差しが空のグラスに落ちる。

「昔の熊澤さんはもっとギラギラしていましたよ」

「若かったんでしょう。血気盛んだっただけです」

「組織のルールの中で牙を抜かれましたか?」

熊澤は顔を上げなかった。

昔の彼は心底ヤクザを憎み、組の一掃を訴え続けていた。

知人女性が風俗に沈められたと知ったのは、彼と知り合ってから一年ほど経ったころだった。当時はまだまだヤクザに勢いがあり、幅を利かせていた。知人女性はヤク漬けにされ、命を落としたという。

熊澤は組そのものを潰そうとし、単独で組員たちの犯罪行為の証拠を集めた。そして、それを捜査会議の場で主張した。

だが――。

組との全面戦争を望まなかった警察は、腰を上げなかった。熊澤の失望はどれほどだっただろう。

当時の大神は組織の規律を重んじ、杓子定規だったから、むしろ熊澤の暴走には否定的だった。もちろん、ヤクザの存在を必要悪として許容していたわけではない。ただ、無関係だったのだ。

結局のところ、検察官の仕事は被疑者を起訴するかどうか決定し、起訴したら全力で有罪にする――。それだけだ。

組織に染まりすぎたからこそ、熊澤を異端として見ていた。

熊澤自身、そんな組織に長年どっぷり浸かるうち、諦念が染みついたらしい。結局組織に馴染めず、一匹狼になった。しかし、その胸の内には燻っているものがあると信じている。

「熊澤さん。あなたの苦悩を見て見ぬふりしてきた僕が今さら協力を頼むのは、虫のいい話かもしれません。しかし、組織から距離を置いて初めて見えたものがあるんです。法の外側に足を踏み出している連中を許してはいけないんです。許してしまえば、人々の中に法への不信感が芽生え、膨らんでいきます」

心を動かせる自信があった。だが、熊澤は自嘲《じちょう》するように口元を緩めた。

「協力を仰ぐなら、組対課にいくらでもいるでしょう？　私じゃ、大神さんには不適任です」

法の狭間——。

熊澤が立っているのは法の狭間だった。彼は警察組織のモラルにこだわらず、暴力団とも対等に渡り合う。法廷で法を重んじる検察官には看過できない行為もしているだろう。

「六法全書を身に纏っていないからこそ、声を掛けました」

法の狭間に立っている熊澤なら、私情で協力を仰ぐにはうってつけだと考えたのだ。

熊澤は苦笑した。

「……検事さんが私のやり方を認めてはまずいでしょう」

「相容れない価値観もあるかもしれませんが、同じ目的があれば共闘できると思います。手を貸してくれませんか」

大神は彼の目をじっと見つめた。だが、熊澤は最後まで首を縦には振らなかった。

10

真新しく清潔な内装の『太陽荘』も、対立する弁護士を引き連れていたら不吉の象徴のように感じる。

嘉瀬幸彦は祖母と歩き、二階にある祖父の個室へ向かった。付き従うのは藤本弁護士だ。

ＮＰＯの平川亜季が抗議文書を作成してくれたこともあり、届いたその日に藤本弁護士から連絡があった。被後見人である祖父に会い、話を聞くという。

肩書きを持った人間の存在は効果てきめんだった。だが、祖父の個室に近づくにつれ、胃が鉛と化したように重くなってきた。臓器そのものが熱を持っているように熱い。

胃液の苦みを舌に感じながら歩いた。

祖父の答えが自分の運命を変える。

大丈夫だろうか。昨日は祖父を訪ね、医学部の学費の約束を改めて思い出してもらった。だが、今日まで覚えている保証はない。調子が悪ければ、自分にとって最悪の発言が飛び出してくるかもしれない。

幸彦は祖父の個室を訪ねた。

「爺ちゃん……」

呼びかけると、ベッドの縁に腰掛けていた祖父が顔を回した。皺深い口元に笑みを浮かべる。

「おお、久しぶりだな、幸彦」

心臓がきゅっと引き締まった。その言葉の危険性を理解しているのは自分と祖母だけだ。

昨日も見舞いに来たのに――。

覚えていないのか。

幸彦は振り返り、藤本弁護士の顔を見た。目が合うと、彼は怪訝そうに眉を軽く寄せただけだった。

幸彦は祖父に向き直った。

「……今日はさ、後見人が一緒なんだよ」

祖父が目を細め、幸彦の後方へ目を据えた。幸彦は脇へ避け、祖父と藤本弁護士を交互に見やった。

「後見人……」

祖父がぽつりとつぶやく。まるで初耳であるかのような響きがあり、幸彦はぞっとした。

「はい」藤本弁護士が進み出た。「初めまして。嘉瀬さんの後見人に選任されました、弁護士の藤本です」

「……私に後見人が付いたのか？」

「ご家族からお聞きおよびではない？」

祖父は記憶を探るようにしばらく黙り込んだ後、当惑した顔でかぶりを振った。

藤本弁護士が振り返る。

「お話しになっていないんですか？」

「いや、それは――」

幸彦は祖母と顔を見合わせた。

正直に答えるべきなのかどうか、分からなかった。話したのに一日で忘れていると知られたら、認知症の症状が重いと思われる。事実そうだが、それでは不利になってしまう。

祖父が自分の意思では正常な判断ができないと見なされ、本人が医学部の学費を払うと答えてくれても、信用性なしと断じられる。

希望が潰える。

「そ、そうなんです」幸彦は緊張したまま答えた。「まだ話していなくて……」

藤本弁護士は不審そうに目を眇《すが》めた。

「……何ヵ月も本人に黙ったままだった、なんて話があるでしょうか？」

「言いづらかったんです。後見人が付くってことは、無能力者扱いされるようなものですし、長年立派に裁判官を務めてきた祖父には耐えきれないんじゃないか、って……」

藤本弁護士は猜疑の眼差しを変えなかった。

「君が――」祖父は彼を見上げた。「私の財産を管理しているのかね」

藤本弁護士が祖父に向き直る。

「そうなります。家裁より選任されました」

「……そうか」

自嘲と失望の翳りが瞳に表れたのは、気のせいだろうか。

「今日は嘉瀬さんの様子を伺いに来ました。後見人としては、本人から話を聞かないと誠実な業務はできませんから」

よく言う。ＮＰＯの人間が抗議文を送らなかったら、祖父に会って話を聞こうとはしなかったくせに――。

幸彦は不満を呑み込み、深呼吸した。

何にしても祖父に会ってもらうことができたのだから、今はそれでよしとしなければいけない。

心配の種は――祖父の言葉だ。藤本弁護士を前に何を言うか。今日の病状はどうなのか、不安は尽きない。

「体調はどうですか？」

藤本弁護士はわずかに頭を傾け、気遣わしげに訊いた。祖父は彼の目を真っすぐ見つめ、静かに息を吐いた。

「悪くはない」

「何よりです。あなたは立派な判事でした。任期を全うしての退官が叶わず、残念でした」

「……認知に歪みがある以上、仕方あるまい」

「未練はありませんか」

「裁判官が誤れば、被告人か被害者か、どちらかが苦しむ。潔く身を引くのが賢明だろう」

答える祖父の眼差しには、悲しみが滲み出ていた。

藤本弁護士は無言で小さくうなずいただけだった。病室にしばし沈黙が降りてきた。

「判事をされていたときのことは覚えているんですか」

「覚えているとも。私が出した無罪判決はずいぶん世間を騒がせたようだ」

「……あなたの無罪率は異様でしたからね」

「異様――か」祖父は苦笑いした。「私は、法に則って判断したにすぎんのだがな。犯行は証拠不充分で被告人の犯罪を立証できていなかったから、無罪判決を出した。犯行は事実でも、起訴された罰条では有罪にする条件を満たしていなかったから、無罪判決を出した」

「……ずいぶんご自身の判決に自信をお持ちなんですね」

「検察は裁判官に甘えすぎていた。裁判官がルーチンワークで有罪判決を書いてくれるから、不充分な立証で審理に臨む。適用が困難な罰条で起訴して強引な論理を押し通そうとする。私は起訴された事件が問答無用で全て有罪になるような、中世の魔女狩りじみた感情的な人民裁判を良しとしなかっただけだ。国家権力側である検察に、起訴が全て有罪になるほどの強権を与えることに賛成するかね？」

「僕は刑事裁判は門外漢なので……」

祖父は鼻から息を抜いた。

「……そうか。では、この話は終えよう」

藤本弁護士はうなずき、話を変えた。

「今日伺ったのは、お孫さんの医学部の入学金の件です」

「入学金？」

「ご記憶にない？」

祖父は眉間に皺を寄せた。

幸彦は唾を飲み込んだ。喉が大きく鳴る。緊張の針が心臓と胃をチクチクと刺す。

祖父は記憶を探るように視線をさ迷わせたすえ、口を開いた。

「――ああ、覚えている」

「本当ですか」

祖父の目が幸彦に滑ってきた。

「昨日の話だろう？」

幸彦は目を剝き、硬直した。当然、その言い回しの意味に藤本弁護士が気づかないはずもなく、彼は重ねて訊いた。

「昨日、聞かされたんですか？」

祖父は幸彦と祖母を交互に見やり、うなずいた。

「ああ。昨日だ、昨日。私はちゃんと覚えている。そう、二人共、顔を出してくれた」

幸彦は口元が痙攣するのを感じた。頭を抱えたかった。大事なのは日付ではない。むしろ、それこそ忘れていてほしかった。

「昨日はどのようなお話を？」

「……幸彦の医学部合格の話をした」

「具体的にお願いします」

「医学部の学費を出してほしいという話だった。私は出してやると約束した」

明言してくれた。だが、藤本弁護士がそれをどう受け止めたのか分からない。

幸彦は拳に汗を握りながら、彼が口を開くのを待った。

「……あなたの意思ですか」

祖父は質問の意図を図りかねるように眉を顰めた。

「もちろん」

「強要されたわけではなく？」

「当然だ。一体誰に強要される？」

藤本弁護士は言葉に詰まり、黙り込んだ。

「孫が夢を叶えることを応援しない者がいるか？」

「……医学部進学に納得されていたんですか？」

「それが孫の夢だ」

断言してくれたことを嬉しく思う。祖父の想いが藤本弁護士に届くことを願う。

入学金の支払い締切日が一日一日迫っている。

藤本弁護士は「なるほど……」と無感情につぶやいた。

声から内心を窺い知ることはできなかったが、不安視していた最悪の事態だけは免れた気がする。

「……ご家族が新居の購入を計画されていたことはご存じでしたか？」

「新居？」

「おや？　嘉瀬さんに相談なく決められたんですか？」

「……私は何も聞いていない」

藤本弁護士は「ほう？」と猜疑の眼差しを祖母に向けた。

「な、何ですか」

祖母が緊張の声と共に見返した。

「嘉瀬さんの財産を利用して新居を購入――。これこそ財産の私的利用ではないですか？」

「違います！」

「そもそも、新居購入のために成年後見制度の申し立てをしたのでしょう？」

「それは――説明できます！　夫の症状が思わしくなくて、官舎での在宅介護が難しくなってきたからです。だからバリアフリーの新居に引っ越そうと思ったんです」

「しかし、嘉瀬さんはそのことを知らないとおっしゃる」

祖母は苦悩混じりの嘆くような一瞥を祖父に注いだ。

実際は話している。祖母は前にそう語った。だが、忘れているだけだと主張すればするほど、祖父の認知能力、判断能力を疑われるという袋小路。

「夫が――夫がまだ職務に復帰するつもりでいたからです。それが奮起の原動力で、症状の進行を遅らせているかもしれないと思ったら、伝えられなかったんです」

財産を遣い込む目的の悪意ではなく、善意の隠し事だったと説明する。だが、藤本弁護士は――冷笑した。

「……家裁には通じない言いわけでしょうね。僕が後見人に選任されて正解でした。嘉瀬さんの財産が食い潰されるところでした」

祖母は絶句した。

「待て」祖父が口を挟んだ。「私は君子を信じている。君子は長年私を支えてくれた」

藤本弁護士はバツが悪そうに口元を歪めた。

「君子の判断を支持する」

「……失礼ながら、ご自身の財産を自由にする権利を譲ることはできません」

「なぜ？」

「それが許されるならば、後見人の意味がありません。家裁が選任した職業後見人を勝手に排除して、家族を後見人にするのと同じですから」

「しかし、それが私の意思だ」

「意思の正しさを保証できないからこその成年後見制度です」

祖父は眉間に縦皺を作った。互いに言葉を探り合うような間がある。

「……少し、二人で話をしましょう」藤本弁護士は銀縁眼鏡を掛け直し、幸彦と祖母を見た。「嘉瀬さんと二人きりにしていただけますか」

「え？」幸彦は困惑した。「それはどういう――」

「監視していないと不安ですか？」

卑怯な問いだと思った。申し出を断れば、隠し事があると勘繰られてしまう。

「……いえ」

そう答えるしかなかった。

「では、ご退室を」

幸彦は祖母と連れだって個室を出た。胸の中には漠然とした不安が渦巻いている。個室を出たとき、とっさの閃《ひらめ》きでドアを完全には閉めなかった。ほんの数センチ隙間を空けておく。ノブを捻ってがちゃっと鳴らし、ちゃんと閉めたように見せかけた。

幸彦は祖母を見やり、人差し指を唇に添えた。怪訝な顔を見せる祖母に背を向け、ドアの隙間に耳を近づける。

藤本弁護士の声が漏れ聞こえてくる。

「――嘉瀬さん、あなたに松金組からのメッセージをお伝えします」

松金組――？

思わぬ発言が耳に飛び込んできて、幸彦は動揺のあまりドアに手のひらを触れてしまった。

蝶番が悲鳴じみて軋んだ。

あっと思ったときは手遅れだった。開いたドアの隙間から、藤本弁護士と目が合った。合ってしまった。

彼は顰めっ面で突っ立っている。

「あ、あの……」

ばつが悪くなって目を逸らしそうになった。だが、むしろ動揺しなければならないのは、相手のほうだと思い至った。

盗み聞き以外に後ろめたいことはない。

幸彦は個室に進み入り、藤本弁護士に歩み寄った。

「松金組って――何ですか」

強い語調で迫る。だが、藤本弁護士は表情を変えなかった。

「何の話です？」

「松金組のメッセージを伝えるって言いましたよね。松金組って、爺ちゃんが倒れる直前の裁判の……」

暴力団絡みの裁判なので、家族にも危険があるかもしれないから念のために注意はしておいて、と祖母から言われていた。

「存じませんね」

「とぼけないでください」

「聞き間違いでしょう」

なぜ誤魔化すのか。藤本弁護士の発言は、自分自身がまるで松金組のメッセンジャーであるかのような――。

遅れて個室に入ってきた祖母は、何を話しているのか分からない顔で立っている。

祖父の最後の法廷は、松金組組長が看護師に殺害されたという事件だった。祖父は無罪判決を言い渡し、判決文の朗読中に倒れた。

「爺ちゃん」幸彦は祖父に話しかけた。「松金組がどうかしたの？　大丈夫？」

祖父は厳めしい顔をしていた。

「……何の話か分からん」

「今、藤本弁護士が話したことだよ」

「忘れろ」

「え？」

「忘れろ」

耳を疑った。

それでは祖父も事情を理解しているようではないか。一方的な被害者ではなく、何かの共犯者であるかのような——。

祖父は唇を引き結んでいた。問いかけても、もう何も答えてくれない。藤本弁護士も同様だった。

「爺ちゃん……」

祖父は嘆息すると、藤本弁護士を見上げた。

「話を続けるかね？」

藤本弁護士は思案するように黙ったまま、間を置いた。そして——小さく首を横に振った。

「いえ……」

「いえ？」

「……はい。もう結構です。お孫さんがもう二人きりにはしてくれないでしょうから。今日はお時間を取らせました」

藤本弁護士は一礼して踵を返した。幸彦と祖母のあいだを抜け、個室の出入り口に去っていく。

「あ、ちょっ——」

幸彦は、祖父に「また来るから」と言い残し、藤本弁護士を追いかけた。廊下で追いつき、背中から話しかける。

「入学金、どうなるんですか」

唐突に松金組の名前が出てうやむやになりそうだったが、本来の目的は入学金の話だ。

藤本弁護士は立ち止まり、ゆっくりと振り向いた。

「……現時点では許可はできません」

「そんな！　祖父の言葉を聞いたでしょ。祖父が僕の医学部合格を応援してくれていることが分かったはずです。入学金を出すって、はっきり言ったのに……。これ以上何が足りないって言うんですか」

藤本弁護士の目がきらりと光る。

「昨日——という発言が引っかかりました」

やはりそこか。

誤解だと理解してもらわなければ——。

そうは思うものの、どう説明しても悪足掻《あが》きに聞こえるだろう。たしかに昨日見舞いに来て、入学金の話はした。だが、それは、忘れられていたら困るから改めて話したのであって、実際は医学部を目指すと伝えた時期に学費の件は約束してもらっている。信じてもらえないだろうが。

正直に話しても、わざわざ念押ししなければならないほど認知に問題があるなら、祖父の発言は何一つ鵜呑みにできない、と判断されて終わりだ。

幸彦は藤本弁護士のわずかな良心に賭けるつもりで話した。彼に詰め寄る勢いで。

「昨日は通常のお見舞いです。祖父に入学金の話をしたら、そのときはたまたま調子が悪かったみたいで、曖昧な返事をされて……。だから『忘れたの？』って訊いて、入学金のことを口にしたんです。それだけです」

「……それを信じる根拠はありません」

「本当なんです。祖父は多少記憶が混乱することがありますけど、覚えている話は覚えているんです」

藤本弁護士はため息を吐き出した。

「後日、また話しましょう。今日明日ですぐに判断できることではありませんから」

「支払いの締切までもう日がないんですよ！」

藤本弁護士は顔を顰めると、わずかに同情を浮かべた。だが、温情はなかった。

「……後見人の仕事ですから」

11

夕日が沈みはじめる時間帯、大神は署の前で熊澤を待ち構えていた。

目が合うと、彼は顔に困惑を浮かべた。

「大神さん……」

大神は「どうも」と軽く頭を下げた。

「……待ち伏せですか」

「僕もしつこい性質《たち》でして。本気で松金組に罪を償わせたいと思っているんです」

「なにも私でなくてもいいでしょう。私のやり方は検事さんには目の毒です」

「毒をもって毒を制す、という言葉もあります。綺麗事でヤクザは潰せないでしょう？」

「検事さんの――いえ、大神さんの言葉とは思えませんね。法を遵守されていたのに」

法とは何なのか。

最近は毎日のように考える。法解釈を厳格に適用すれば、嘉瀬の法廷のように無罪が増える。彼の判決で無実の人間が救われた一方、卑劣な犯人が野放しになった可能性もある。結局のところ、世の中は曖昧さで成り立っているのかもしれない。

だが、果たして曖昧な法というものが許されるのか。

この歳になって初めて迷い、悩んでいる。

「僕の今の行動も、検事としては逸脱しています。現場の捜査官の行為を咎められる立場ではありません」

「大神さんも組織の枠から足を踏み出した――ということですか」

大神は苦笑で応えた。

「……今の僕にはあなたが必要なんです」

熊澤は間を置き、腰に手を当てて嘆息した。

「分かりました。私は大神さんの倫理にはそぐわないと思いますが、それでも構わなければ、手を貸します」

「感謝します」

大神は頭を下げた。

大神は三階建ての雑居ビルを見上げた。鉛色の空の下、それは墓石のように見えた。

「ここですか……」

つぶやくと、熊澤がうなずいた。

「ええ。松金組の事務所です」

「外からじゃ、ヤクザの組とは分かりませんね」

「連中は外見《ナリ》の繕《つくろ》い方だけは巧妙でしてね。目をつけられて得はない、ってことでしょう」

「……行きましょうか」

熊澤はうなずくと、チャイムを鳴らした。出入り口上部の監視カメラが目玉のように彼を睨みつけている。

ドアが開き、ポロシャツの若者が顔を出した。茶色の短髪で、剣山さながらだ。

「熊の旦那……」

警戒心が滲み出たつぶやきだった。若者は、熊澤の後ろに立つ大神に一瞥を寄越した。何かを訊きたげに唇を蠢《うごめ》かせたものの、呑み込んだ。

「若頭《カシラ》はいるかい」

熊澤が顎を持ち上げ、訊いた。

「……今日は何なんすか」

「いるなら通せよ」

熊澤が早々に威圧的に出た。ヤクザに舐《な》められたら抑止力にはならないということだろう。

「用件も聞かずに通したら、俺がカシラに拳固を貰います」

「優良企業の社員じゃあるまいし、拳の一発や二発、貰っとけよ。商売道具だろ、暴力は」

「冗談きついっすよ、熊の旦那。否定しなきゃ、それを口実に引っ張る腹じゃ……」

「本気で引っ張る気なら、言質なんざ取る必要もねえよ。お前らのお得意の手を使えばすむ」

「お得意の――？」

「自分からぶつかっておいて、あいたたた、ってやつさ」

「……んなベタな手、今時誰も使ってないっすよ。近ごろじゃ、素人《トーシロ》のほうがあくどいやり方しやがる」

「生意気言ってんじゃねえ。さっさと通せよ」

熊澤からは、連中とのやり取りは全部駆け引きなので黙認してください、と事前に言われている。検察官として咎めたら、警察の立場が弱くなりかねない。

若者がまた大神を見た。

「あちらさんは——？」

熊澤が舌打ちした。

「お前らの汚《きたね》えバッジと違って、立派なバッジが輝いてんだろうが」

若者は戸惑いがちに首を伸ばし、大神の胸元を見つめた。検察官バッジを目に留めるや、口がぽっかりと開く。

検察官同行で警察官が現れたら、不吉な予感を抱くのも無理はない。

そのときだった。室内からドスの利いた重低音の声がした。

「桜の代紋、掲げてんだ。通してやれ」

若者の背筋が伸びた。

「は、はい！」

若者が玄関の隅へ避けた。

「賢明だ」

熊澤は若者の肩をポンと叩き、その横を通り抜けた。大神は軽く会釈して後を追った。

奥に進み入ると、熊澤から聞いたとおりの部屋が待ち構えていた。木彫りの熊が置かれたマホガニーのキャビネット、昇り竜の掛け軸、黒革張りのソファ、大理石のテーブル――。

大股開きでソファにふんぞり返る白のスーツ姿の男が一際目を引く。一目で須賀銀二だと分かった。

これが本丸――か。

大神は内心の緊張を気取《けど》られないようにした。水島看護師殺しの共謀共同正犯で逮捕・起訴まで持っていけるだろうか。

共同正犯は、実行犯である正犯と同じ法定刑だ。罪の重さは教唆犯と同じだが、共犯ではなく正犯として扱われるところが違う。

須賀を実行犯として罪に問いたい。それが水島看護師の死に対する償えない償いだ。

須賀のそばには、ストライプのスーツを着た男が突っ立っていた。眼鏡の奥には、理知的でありながら酷薄な瞳がある。一見すると弁護士のようだが、胸には松金組の金バッジが光っていた。

「相変わらず騒々しいな」須賀は大神の検察官バッジを目ざとくちら見し、唇に薄笑いを浮かべた。「エリートの臭いがぷんぷんしやがる。まさか令状《フダ》持ってんじゃねえよな？」

熊澤が鼻頭を撫でながら、須賀を見下ろした。

「どう思う?」

須賀は顎を軽く持ち上げた。サングラスに蛍光灯の光が映り込み、白く反射する。

「……駆け引きはなしにしようや。フダ持ってりゃ、たった二人で乗り込んでこねえだろ」

熊澤は左肩をすくめてみせると、大神を振り返り、また須賀に向き直った。

「辻本翔梧の件だ」

須賀は武闘派らしい猪首をぐるりと回した。

「ゲロったんだろ。面子《メンツ》は立ったろうが」

「それじゃ不充分でな」

頃合だと思い、大神は進み出た。サングラスごしに須賀の眼光が突き刺さる。

「高検の大神です。水島看護師の審理を担当していました」

須賀が興味を引かれたように、「ほう」とつぶやいた。だが、すぐに鼻で笑った。

「水島を無罪放免にしやがった検事か」

「裁判官は彼を殺させるために無罪判決を出したわけではありません」

「殺させる――か。含みがある言葉遣いしやがる。若い奴の暴走だよ。組長《オヤジ》を慕ってたんでね」

「私は鉄砲玉が勝手に飛び出すとは思っていません。引き金を引かなきゃ、弾は出ないでしょう」

「俺が引き金を引いたとでも？」

「違うんですか？」

「拳銃ってのは稀に暴発するからよ。血気盛んな若い奴は、頭ん中に火薬を詰め込んでやがる」

「それを信じろと？」

「辻本はそう言ってんだろ？」

「……自分が誰かに発射されたとしても、吐かないでしょうね。辻本はどんな組員だったんですか」

須賀は両腕を広げ、ソファの背に掛けた。

「一言で言や、癇癪玉《かんしゃくだま》だな。首輪は付けてたんだが、オヤジを殺されちゃ、黙ってられねえ。鎖を引き千切って飛び出していきやがった」

「あくまで独断だと？」

「そう言ってんじゃねえか」

「私はそれでは納得していません」

須賀は前のめりになると、顎を引き、サングラスを下にずらした。肉食獣を思わせる目玉が覗く。

「欲は掻かねえほうがいいぜ、検事さんよ」

「欲――ですか」

須賀はサングラスを戻した。

「ギャンブルでもそうだろ」

「あいにく賭け事はしません」

「つまんねえ人生だな。何が出るかで人生が変わるんだぜ。天国か地獄か。こんな面《おも》白《しれ》えこと、ねえだろ」

大神は思わず笑みをこぼし、須賀の対面のソファに腰を下ろした。彼の眼光を真正面から受け止める。

「ひりつくような勝負が好きなら、私が招待しますよ」

「あ?」

「法廷ですよ。有罪か無罪か。どちらが出るかで天国と地獄です」

須賀は大口を開けて大笑いした。

「賭場より質悪《たち》い場じゃねえか。胴元が九十九パーセント勝つ場で勝負する馬鹿はいねえだろ。俺らだってそこまであくどい勝率じゃねえよ」

「……賭場は松金組の資金源ですか」

須賀は唇を歪めた。

「違法なことは何もしてねえよ。難癖つけんじゃねえ」

「ご安心を。違法賭博では引っ張る気はありませんから」

「まさか俺を共犯に仕立て上げようってんじゃねえだろうな」

「仕立て上げるつもりもありません」

「含みばっかり持たせやがって。はっきり言えよ」

大神は膝の上で両手の指を絡めた。

「私はあなたの指示だと思っています」

「……証拠があんのかよ」

「必要ですか？」

「当たり前だろ。証拠もなく犯人にされてたまるかよ」

大神は首をわずかに傾げてみせた。

「殺された水島看護師も同じ気持ちでしょうね。証拠もなく鉛玉で命を奪われました」

「逮捕したのは警察で、起訴したのは検察だろうが」

「水島看護師は無罪判決を受けています」

「裁判官のミスだろ」

逆転無罪が出た直後は自分自身、そう思っていた。〝無罪病判事〟の暴走だ――と。

だが、嘉瀬と直接話し、証拠を冷静に見返したら考えは変わった。

水島看護師が冤罪だったのではないか、と初めて疑った。

「法が誤ったとばっちりを受けたとしたら、見過ごすことはできません」

「判決が常に正しいとはかぎらねえだろ。犯罪者が無実になることもあるだろうよ」

「……あなたのように？」

「水島のことだよ」

「……辻本翔梧のしたことはどう考えているんですか」

須賀は挑発的な薄笑いを浮かべた。

「懲役食らい込む覚悟で落とし前つけたんだ。なかなかの度胸を持ってやがる」

「一般市民の殺害ですよ」

「組長《オヤジ》の命《タマ》を殺《と》ってる時点で、一般人扱いはできねえな」

「……命令の自白でしょうか？」

「若い奴の暴走だって言ってんだろ」

「そのとおりです」口を挟んだのは、須賀の脇に立っている弁護士然とした男だった。

「辻本の暴走に組は関与していません」

熊澤が大神に顔を寄せ、囁くように言った。

「若頭補佐の滑川政一《なめかわまさかず》です」

若頭の須賀を補佐する立場か。政《まつりごと》が得意そうな雰囲気だ。

大神は滑川を一睨みした。

「それを信じろと？」

「辻本はもう組には無関係な人間です」

「何ですって？」

「奴は破門の身です」

その発言に真っ先に反応したのは、須賀だった。猪首を捻り、滑川をねめつける。

「あ？　何言ってんだ、てめえ」

「辻本は独断で暴走し、組に迷惑をかけました。置いておくわけにはいかんでしょう」

「何勝手してんだ、こら」

「組を守るためです。素人さんを殺した以上、捜査の手が組に伸びるのは必至です」

「落とし前つけた奴を破門にしたら、いい笑いもんだろうが。イモ引いてんじゃねえぞ、てめえ」

「落ち着いてください、カシラ。サツの前です」

「うるせえ！」

須賀がテーブルに鉄槌《てっつい》を落とした。灰皿が跳ね上がり、煙草の吸殻と灰が飛び散る。

「カシラの代わりに泥を被ったんです。立場上、カシラじゃ破門にはしにくいでしょう」

須賀は歯軋りしていた。蒸気が噴き出すように、怒りの籠った息が歯の隙間から漏れている。

警察官と検察官の前でなければ、拳銃を抜いて突きつけていたのではないか、と思うほどの憤激《ふんげき》だ。

独断の危機管理か。

蜥蜴《とかげ》の尻尾切りだ。まさか逮捕された鉄砲玉を易々と切り捨てるとは思わなかった。

それこそ任俠《にんきょう》の世界ではタブーだろう。暴対法が厳しい昨今、義理人情では生き延びられないということか。

「……ご理解いただけましたか？」滑川は言った。「辻本はもう松金組とは無関係です。うちに踏み込む口実にはできませんよ」

12

所轄署に足を踏み入れると、顔見知りの署員たちからは怪訝な眼差しを向けられた。当然だろう。高検の検察官が現場にやって来るのは珍しい。

責任者に挨拶し、取り調べを見物させてほしいと頼んだ。

「無罪になった私の事件の落とし前です」

そう説明したら許可はすぐに出た。

取調室の一面はマジックミラーになっており、隣室から様子を覗けるようになっている。

大神は隣室で待機した。

やがて、手錠と腰縄をされた松金組組員——辻本翔梧が連れられてきた。警察官がパイプ椅子に座らせ、腰縄を結びつける。

辻本は反発心剥き出しの表情で取調室の一点を睨んでいた。両手は机の上に置かれている。

辻本をたっぷり焦らすような間があり、熊澤が調書録取係を連れて現れた。

松金組事務所を出た後、辻本を絞り上げることで意見が一致した。揺さぶりをかける手札が手に入ったからだ。

「まだ話があんのかよ」辻本が苛立った顔で顎を持ち上げた。「全部喋っただろうが」

熊澤は首筋をがりがりと掻き、対面のパイプ椅子に尻を落とした。机に身を乗り出し、辻本を睨みつける。

「実行犯の逮捕で幕引きにはしねえよ」

辻本は感情的になるかと思いきや、意外にも冷静だった。据わった目で熊澤を睨み返した。

熊澤から聞いた話では、愛人のアパートに踏み込んで逮捕したとき、辻本はずいぶん動揺していたという。殺人体験がヤクザ者として度胸をつけたのかもしれない。

殺人を犯した人間にしばしば見られる傾向として、犯行直後こそ動揺したり、パニックに陥ったり、非現実感に囚われたりするものの、逮捕されて現実を受け入れると、とたんに胆《きも》が据わる。まるで殺人行為が何かの糧になったかのように。

「命令があったんだろ、辻本」

「何度訊かれたって同じだ。ねえよ」

「下っ端が勝手に引き金を引くかよ」

「組長《オヤジ》を殺《や》られて、黙ってる家族はいねえだろ」

「匕首《ドス》ならまだしも、拳銃《チャカ》を使ってんじゃねえか」

「だったら何だよ」

「チャカをどこから持ち出した?」

反射的に口を開きかけ、辻本は黙り込んだ。迂闊《うかつ》に答えたらヤバイと察したのだろう。

「……俺のだよ。組は関係ねえ」

警戒心をあらわにした辻本が自信なさげに答えると、熊澤が薄笑いを見せた。

「ほう。松金組は下っ端にもチャカを持たせてんのか。そりゃ、組員を引っ張る理由になるな」

辻本が言葉に詰まった。ぐっと息を呑んだのが見て取れる。

熊澤の手並みは見事だった。検察官のような尋問術だ。どう答えても追い詰める論理をしっかり用意している。

「どうなんだ、え？」

辻本は落ち着きなく視線を泳がせている。

答える術はないだろう。今時、組員に自由に拳銃を持たせている組はない。組のガサ入れの口実になる。

「須賀から手渡されたんだろ？」熊澤がプレッシャーをかけた。「これで弾いてこい、ってな」

「違《ちげ》えよ！　カシラは関係ねぇ」

「じゃあ、チャカはどこから出てきた？　事実を話すだけだ。頭を絞る必要なんかないだろ」

「……闇で買ったんだよ」

「ずいぶん都合がいい〝闇〟だな。不老不死の妙薬も全部〝闇〟で手に入るのか？あいにく、警察はそんな言い分で納得はしてやらねえぞ」

「……売人から買ったんだよ」

「どこの売人だ？」

辻本は歯を噛み締めた。法廷なら、勝負ありだ。

「売人は売れねえよ」

「売人は売らねえ、か。笑える洒落《しゃれ》だな」

「真面目に言ってんだよ！」

「売人なんざ、守る義理があんのか？」

「裏商売の人間を売ったら、この世界で生きていけねえ。世話になってんのは俺だけじゃねえからな」

熊澤は挑発的に言った。

「売人を差し出さなきゃ、組をガサ入れする。チャカが何丁出てくるか見ものだな」

「組は関係ねえ！」

「分かってねえな。お前は二者択一なんだよ。分かるか？　二者択一。二つに一つってことだ。組か売人か。守りたいほうを選べ」

辻本は歯軋りした。

須賀から拳銃を渡されたから、答えられないのだろう。辻本に拳銃を売った売人は間違いなく存在しない。

「正直に言ってみ。売人はでっち上げだよなあ？」

辻本は答えない。

「お前が単なるラジコン、だって分かれば、情状酌量もあるんだぞ。一人で泥を被って長く食らい込みたいか？」

「……俺が一人で決断して、実行した。オヤジの仇を取りたかったんだよ」

「お勤めして出てきて、幹部待遇——なんてのは昭和の遺物でな。鉄砲玉に保証なんか何一つねえぞ」

「うるせえ。俺は落とし前つけただけなんだよ！」

熊澤があざ笑った。

「滑稽だよなあ、辻本」

「あ？」

「薄情な組を庇ってムショに落ちるなんてよ」

「何だよ、薄情って」

「破門だよ、破門。お前はもう松金組の代紋は振りかざせねえんだよ」

「出鱈目《でたらめ》抜かすな！」

両手で机を叩き、跳ね上がるように立ち上がった。腰縄で繋がれたパイプ椅子が持ち上がる。

熊澤は負けじと手のひらを机に叩きつけ、怒声を上げた。

「座れ、辻本！　俺に手を出させるなよ。ヤクザ者が密室の暴力を訴えても世間は同情してくれねえぞ」

狭い取調室内で二人が睨み合う。調書作成係の警察官は慣れたものらしく、全く動じない。荒事に不慣れな検察事務官なら、きっと慌てただろう。

根負けしたのは辻本だった。パイプ椅子を戻し、尻を落とした。鼻から荒い息を吐く。

「お前は破門にされたんだよ」

「……信じねえぞ、そんな戯言《ざれごと》」

「組にプレッシャーかけたら、すぐお前を切り捨てたよ。ま、組を恨むなよ。勝手に暴走した下っ端とは心中したくねえだろ」

熊澤の取り調べは巧妙だった。プレッシャーのかけ方も見事で、ヤクザ者相手なら百戦錬磨だ。

破門を通告したのは滑川だが、意図的にそれを隠し、誤認させている。須賀に裏切られたと思い込むように。

「ま、仕方ねえよなあ」熊澤が同情心たっぷりに言った。「対立組織の幹部の命《タマ》でもとったならまだしも、一般市民を射殺してんだからな。ハクもつかねえよ。組が切り捨てるのも当然だよな」

「ありえねえ……」

辻本のつぶやきは弱々しく、聞き取るのが困難なほどだった。

攻め時と判断したらしく、熊澤は畳み掛けた。

「想像してみろよ、辻本。お前が娑婆に出てくるころには、俺の今の年齢を超えてるんだぞ。哀れだよなあ」

辻本が初めて動揺を見せた。

「今はヤクザ同士の刃傷沙汰でも軽くはねえぞ。ましてや今回は一般市民を殺してる。無期もあるな」

机の陰に隠れている辻本の手の指が落ち着かなげに蠢き、膝を叩き続けている。隣室からは焦燥がよく見えた。

「……破門なんて信じねえぞ」

「往生際が悪いな。仮に破門されていなかったとしても、刑期を終えたとき、組が存続してるかな？　そんな保証はねえぞ。鉄砲玉が人生の花だったな。後はコンクリートの塀の中で枯れていくだけだ。後ろ盾もなく、殺人の前科を背負って、どう生きていく？　勤め先もねえ。ホームレスか？　それとも、窃盗や強盗でムショに舞い戻るか？　惨めったらしい余生を送りたいか？」

辻本の呼吸が荒くなっていた。

「須賀の指示で殺ったんだろ？」

辻本が膝の上で拳を握り締めた。

「ち、違う」

それでも否定した。

「もう組を庇う義理はねえだろ」

「……カシラを売れるわけねえだろ」

熊澤は呆れたように嘆息した。

「お前の愛人——何て言ったかな。アクリル板ごしに二十年。手も触れられねえぞ」

「朱美は……」

「須賀が面倒見るって約束したか？　だから心置きなく弾いてこいってか。破門された組員のために二十年、面倒見てくれると思ってんのか？」

辻本がぐっと喉を詰まらせた。瞳に動揺がちらついている。

「愛人を引っ張ってもいいんだぞ」

「……朱美は関係ねえだろ」

「殺人犯を匿《かくま》ってたんだ。共犯の可能性もあるしな」

「朱美は何も知らねえよ！」

「それを調べるために引っ張るんだろうが」

熊澤は覚せい剤中毒の暴力団員が内縁の妻と連れ子に暴力を振るっていると知り、助けに入ったことがある。包丁を持ち出す暴力団員を叩きのめし、妻子を保護した。

だが――。

暴力団員は暴行で熊澤を告訴した。

内縁の妻は――夫に味方した。子供のアザは、熊澤に殴られている父親を助けようと摑みかかって蹴り飛ばされた、と主張した。

疑惑はすぐに晴れたものの、熊澤はそれ以降、組員と愛人関係にある者は全員〝敵側〟と見なすようになった。

熊澤はやると言ったら容赦なく追い込むだろう。

辻本もその覚悟は感じ取っているらしく、顔に焦燥が浮かんでいる。

「不幸な女をさらにどん底に落とすなよ、辻本」

辻本は唇を歪めている。

「須賀だよな、命令したのは」

辻本が自白すれば、須賀の逮捕状を取れる。無罪判決を受けながら殺された水島看護師の無念を晴らせる。警察が――検察が誤ったなら正さねばならない。

「吐いちまえよ、辻本」

辻本の瞳が揺らぐ。

「仁義のねえ組に義理立てする必要、ねえだろ」

辻本の額から汗の玉が滴り、机の上にぽたりと落ちた。

「……殺される」

熊澤が「あ？」と聞き返した。

「カシラを売ったら生きていけねえ。ムショの中で殺されるのはごめんだ」

「ここは日本だ。ムショの中で殺人なんか起こせねえよ。安心して洗いざらい吐いちまえ」

「お、俺は――」

声に震えが忍び込んでいる。

落ちるか――。

大神はぐっと拳を握り締めた。須賀の喉元に食いつくための牙を手に入れられる。

辻本は深呼吸し、口を開いた。

「水島は俺の意思で殺した」

13

大神は『太陽荘』の個室で嘉瀬と向き合っていた。嘉瀬は肘掛椅子に腰かけている。

「嘉瀬さん、具合はどうですか」

「悪くはないよ」嘉瀬は微苦笑を浮かべた。「頭もはっきりしている」

「何よりです。こちらは――なかなか」

「なかなか？」

「はい。須賀銀二の逮捕、一筋縄ではいかないようで……」

嘉瀬は眉間に深い縦皺を刻んだ。

「須賀とは誰だ？」

大神は喉の渇きを覚え、唾を飲み込んだ。

「お忘れですか？」

「私が知っている人間なのか？」

認知症がここまで進んでいるのか。須賀の話はつい先日したばかりで、嘉瀬も裁判の話はよく覚えていた。

それなのに今は――。

「水島看護師を殺させた松金組の若頭です」

嘉瀬の顔に羞恥混じりの苦渋が滲み出た。自分自身の記憶の頼りなさを思い知り、恥じているのだ。そんな感情が痛いほど伝わり、いたたまれなくなった。

これ以上、病人を追い詰めたくはない。引き下がり、立ち去るのが思いやりだろう。

だが――。

そうはできなかった。

「水島看護師のことはお分かりですか？」

大神は訊いた。

嘉瀬は眉間の皺を深め、うなった。絨毯《じゅうたん》に落ちた視線が右に左に泳ぐ。

「あなたが高裁で逆転無罪を出した男性看護師です。私は有罪を確信して闘って、そして負けました」

「無罪を受けた看護師が殺されたと？」

「銃弾を三発、撃ち込まれて、即死でした」

大神は、水島看護師の事件を順に説明した。嘉瀬は無念を噛み締めるように唇を結んでいた。

「実行犯の辻本翔梧は逮捕しています。しかし、須賀による指示は認めていません」

「……君は若頭の逮捕まで持って行きたいのか？」

「それが自分なりの罪滅ぼしなんです。どうすればいいと思いますか？」

嘉瀬は渋面を作った。

「私は裁判官だ。法廷に提出された証拠と証言を元に、有罪か無罪か、有罪なら相応《ふさわ》しい刑罰は何か、法に則った判決を出す——。それが職務だ。裁判官は検察官になってはいけない」

正論だ——。

そもそも、逮捕された被疑者段階、起訴された被告人段階で有罪視する世間と司法に一石を投じるように——本人は証拠と証言を公平に精査した結果だ、と語ったが——、無罪判決を出してきた嘉瀬に相談する話ではなかった。

彼は職を辞しても裁判官なのだ。公明正大な裁判官であろうと努めている。

「……すみません、僕の独善でした」

嘉瀬が意外そうに顔を向けた。

その後は事件の話を避け、しばらく他愛ない世間話をした。

「では、僕はそろそろ……」

大神は腰を上げると、辞儀をした。顔を上げたとき、どこか物悲しげな眼差しと対面した。だが、次の瞬間には厳めしい表情に取って代わっていた。

彼の感情に触れたと思ったのは、気のせいだろうか。

大神は個室を出た。ドアを閉めて向き直ったとき、廊下を歩いてくる年老いた女性と少年に出くわした。

「……夫の知り合いの方ですか？」

女性が話しかけてきた。

「あなたは？」

「嘉瀬の妻です」

嘉瀬夫人が答えると、少年が「孫です」と答えた。

見舞いに来た家族か――。

大神は答えに窮した。正直に答えるべきかどうか。無罪判決を四度も受けた検察官と言ったら、どういう印象を与えるだろう。

だが、後ろめたいことは何もない。誤魔化すのは不誠実だ。

「僕は嘉瀬さんの法廷に何度も立った検察官です。大神と申します」

二人が揃ってはっと息を呑んだ。

〝無罪病判事〟という悪名で検察から敵視されていたことは、二人とも知っているのだろう。反応が物語っている。

本来、検察官と裁判官は敵対していない。むしろ、担当する法廷が決まっていて裁判官と検察官の関係が深まる現状や、判検交流などの制度が問題視されていた。

判検交流――。

裁判官が検察官を務めたり、検察官が裁判官を務める人事交流の一環だ。一九四九年から実施されていたが、弁護士からずぶずぶだと批判され、刑事裁判分野においては二〇一二年に廃止されている。

だが、嘉瀬と検察官は常に敵対的だった。もっとも、敵対的と感じていたのは検察側だけで、嘉瀬は違ったが。

検察としては一件の無罪判決でも許せなかったのだ。

「誤解しないでください」大神は言った。「僕は嘉瀬さんに悪感情は抱いていません。対立していたのは法廷の中だけです」

実際は、乱発される無罪判決を受け入れられるまでに相当な時間を要したが――。

「どうして検事の方が夫を……」

嘉瀬夫人が不審そうに目を細めた。

普段、法曹関係者の見舞いはないのだろう。思えば、検察官からは蛇蝎《だかつ》のごとく嫌われ、裁判官批判の世論を作り出しているという理由で同業者からも疎まれていた。無罪を乱発したとはいえ、恩恵を受けた弁護士は『ラッキー』というのが正直なところで、感謝の気持ちを持っているわけではない。

結果、高裁の判事を定年間近まで務めながら、最後に周りに残った人間はいなかった。

信念を貫いた結果がこれか。

被告人の利益など一切考えず、ルーチンワークで有罪判決だけを出していれば、平穏な退官を迎えられたかもしれない。定年まで務められなかったのは——脳梗塞を発症したのは、司法と世論に抗う判決を出すことが想像以上にストレスだったのではないか。新聞や週刊誌で叩かれ、SNSでも著名人が批判を煽《あお》り、義憤に掻き立てられた群衆が〝正義の執行〟を求めた。それは『この無罪判決は非常識だから当該裁判官を罷免せよ』という内容の、罷免要求の署名キャンペーンだったりした。

世論の圧力に屈して証拠を無視した判決を出してしまっては、人民裁判と同じで、裁判官の独立が脅かされてしまう。それが分かっていながらも、頭に血が上ったメディアや世間の義憤が嘉瀬を食い止めてくれたら——と当時は願っていた。

　結局、彼は最後まで己を貫いた。

「……こんな話をご家族にするのはためらいがあるんですが……僕は当時、嘉瀬さんの逆転無罪判決に納得できませんでした。ずいぶん反感を抱きました」

　嘉瀬夫人は慎重な顔つきでうなずいた。

「しかし、先日、嘉瀬さんと話をし、判決は間違いではなかったんじゃないか、と思うようになったんです。実は無罪判決と無関係ではない事件が起きまして……」

　彼女の顔が強張った。

「もしかして、看護師の方が殺された――」

「そうです」大神はうなずいた。「ご存じでしたか」

「はい。あたしは夫の仕事には口出ししませんし、触れないように意識してきましたが、記者の方が訪ねてきて、無罪判決を出した看護師が松金組の人間に殺されたことについて、話を伺いたいので、と」

「嘉瀬さんは取材を受けられたんですか?」

「まさか。施設に入っているのに、そんなことさせられません。もちろんお断りしました」

「すみません」大神は頭を下げた。「勝手に訪ねて、嘉瀬さんに負担をかけるようなまねをしてしまって……」

「いえ」嘉瀬夫人は小さくかぶりを振った。「ですが、もう遠慮していただけますか」

「分かっています」

「暴力団絡みですし、退官した以上、関わってほしくありません。もし孫が巻き込まれたりしたら……」

松金組は無罪判決で結果的に復讐《ふくしゅう》の機会を与えてくれた裁判官に感謝こそすれ、恨みはしないだろう。だがそれは嘉瀬の判決が死を招いたとも解釈できるので、あえて口にせずにおいた。

大神はうなずくことで理解を示し、会釈した。

「それでは、僕はこれで失礼します」

二人の横を通り抜けようとしたとき、少年が「あの――」と呼び止めた。

「何でしょう？」

少年は葛藤するようにしばらく黙り込んだ後、視線をさ迷わせ気味に口を開いた。

「大神さんは――祖父の敵ではないんですよね？」

上目遣いで、縋るような眼差しだった。

「……僕はそのつもりですが」

「そう――ですか」

「何か？」

「……少しお話しできますか」

「僕は構いませんが――」

大神は嘉瀬夫人を見やった。彼女は困惑の顔を孫に向けている。何かを言おうとしたとき、少年が先んじた。

「お婆ちゃん、先にお見舞いに行っておいて」

「でも――」

「僕は平気だから。ちょっと話したいだけ」

しばらく視線が交錯したが、やがて嘉瀬夫人が折れた。

「じゃあ、お婆ちゃんは先に行ってるから」

彼女が後ろ髪を引かれるように、二、三度振り返りながら個室へ去っていく。

「ロビーに移動しますか？」

「はい……」

大神はロビーに向かった。後ろから少年の足音がついてくる。

ロビーに着くと、横長のベンチに座った。少年は一人分のスペースを空けて腰を下ろした。

　沈黙が続く。

　少年はうつむいたまま、リノリウムの床を睨みつけていた。

　話す気になるのを辛抱強く待とうかと思ったものの、このままだと埒が明かなそうだったので、「話というのは?」と水を向けてみた。

「はい……」

　少年は小さくうなずいた。

　そのまま黙り込んでしまったので、今度は彼のほうから喋るまで待った。

　少年はまぶたを伏せ、深呼吸した。

「実は祖父には――後見人がついているんです」

「後見人というと……成年後見人のことですか?」

「はい」

「認知能力に問題がある、ということですね」本人と会話して病状の深刻さは充分知っている。「後見人がつかないと、預貯金の引き下ろしも難しいですからね」

「そうなんです。でも――」

　曇り空を暗雲が覆い隠すように、少年の顔が暗くなった。よりいっそう視線を落としたのだ。

「でも？」

「弁護士が後見人に選ばれて、僕ら家族は全くお金が引き出せなくなりました」

成年後見制度に問題がある、という話は聞いたことがある。制度とは無縁だったので、詳しく知っているわけではない。

「ええと……君は？」

「あ、嘉瀬幸彦です」

「幸彦君はその相談を僕に？」

「それも困っているんですが、それだけじゃなくて……。実は後見人の藤本って弁護士が松金組と関係している可能性が……」

どくん、と心臓が波打った。

松金組の名前が出てくるとは思いもしなかった。背中がじっとりと汗ばみ、胃に緊張が走る。

「関係というのは？」

幸彦は医学部合格の話から順番に語った。入学金が必要なのに、藤本弁護士の許可が下りず、せっかくの合格が台なしになりそうで困っているという。

「藤本弁護士があまりに融通が利かなくて、一度祖父と直接会って話してください、って頼んだんです。何とか説得して、会ってもらったんですけど、結局考えは変わらなくて……そうしたら、二人っきりで祖父と話したいって言われたんです。断れなくて、僕と祖母は部屋を出ました。でも、気になって、中の会話を盗み聞きしてしまったんです」

「一体どんなやり取りが？」

気が急《せ》き、彼の横顔を注視した。

「……〝松金組からのメッセージをお伝えします〟って」

「伝言？　内容は？」

幸彦は首を横に振った。

「聞けなかったんですか？」

「予想外の内容に僕が驚いてしまって、物音を立てちゃったんです。それで気づかれました」

「弁護士は何と？」

「問い詰めても無駄でした。一体何だったのか、不安や心配はあったんですけど、僕には医学部のほうが切実な問題だったので、さっきまで忘れていました。でも、祖父が無罪にした人が松金組に殺されたと知って、ぞっとしてしまって……」

　気持ちは分かる。

　自分自身、彼の話を聞いておぞけ立った。

　水島看護師を無罪にした嘉瀬に成年後見人が付き、しかも、その弁護士に松金組の息がかかっている――？　これは一体どういうことだろう。

「その藤本という弁護士が選任された経緯は？」

　幸彦が答えた。申込書には祖母が自分の名前を書いたが、一方的に弁護士が選任され、解任もできずに困っているという。

「口車に乗って後見人制度なんかに申し込んでしまったのが間違いだったんです。祖母はずっと悔やんでいます」

　聞き流しそうになったものの、一つの単語が引っかかった。

「口車というのは？」

「祖母が言うには、祖父の同僚で、篠田って名乗った男の人の勧めだったそうです。祖父の見舞いに訪ねてきたから、相談したら、後見人制度を強く勧められて……」

「篠田？」

「ご存じですか？」

「いえ。心当たりはありません」

検察官といえども、裁判所関係者を全員把握しているわけではない。

「勧められるまま申し込んだら困ったことになったので、すぐ篠田さんに相談しようと思ったそうです。でも、連絡先を知らないことに気づいて……。裁判所に電話しても、篠田さんのことは分からなかったんです。松金組が、とか言われたら、そのことも怖くなってしまって……」

考えすぎと言い切れない作為を感じる。

松金組組長殺害事件の公判中、脳梗塞で倒れた裁判官、嘉瀬。謎の人物の勧めで嘉瀬夫人が成年後見制度に申し込んだら、松金組と繋がりのある弁護士が選任される――。

偶然とは思えない。

この事件は一筋縄ではいかない何かがある気がする。須賀の逮捕まで漕《こ》ぎ着けるには、それを突き止めなければいけないのではないか。

とはいえ、嘉瀬に起こった全てを陰謀とするには無理もある。

後見人は、後見人候補者名簿に登録している弁護士の中から家庭裁判所によって選ばれる。裁判所もグルでないかぎり、全てが仕組まれていることはありえない。

ではどういうことなのか。

後見人の藤本弁護士を追及するか、制度を勧めた篠田という男性を見つけるか——。

大神は思案した。

「全員の写真があるわけではありませんが……」

大神はスマートフォンを取り出し、公開されている裁判官一覧を調べた。『篠田』という姓の裁判官を捜し出した。三人存在していた。顔写真もある。

「その篠田という男性の顔は分かりますか？」

幸彦は「いえ……」とかぶりを振った後、「あっ」と声を上げて立ち上がった。「祖母を呼んできます」

もし裁判所関係者の中に篠田が存在しなかったら、どうすればいいのか。

幸彦は二階に姿を消し、五分ほど経ってから戻ってきた。嘉瀬夫人と一緒だ。

「篠田さんの話ということでしたが……」

嘉瀬夫人は怪訝そうな顔をしていた。

「後見人制度を勧めた裁判所関係者が分かれば、話を聞けるかもしれません。顔写真を確認していただければ……」

彼女はスマートフォンの画面を覗き込み、首を横に振った。

「……三人とも違います」

裁判官ではなかったか。

裁判所職員だろうか。事務員の名前までは把握していない。顔写真も存在しない。

駄目か――と思ったとき、ふと閃きがあった。

『篠田』が偽名だったら？

偽名なら誰でもあり得る。それこそ、裁判所関係者ではない可能性すらある。

大神はスマートフォンを操作し、自分の画像フォルダにアクセスした。指で写真をスライドさせていく。

裁判所関係者が写った写真はあっただろうか――。

「あっ！」

画面を覗き込んだままの嘉瀬夫人が突如声を上げた。

大神は「え？」と彼女を見上げた。

「今の写真……」

「今のと言うと……」

大神は写真フォルダをゆっくり遡った。

「それです！」

嘉瀬夫人が指差したのは——昔、判検交流を行ったときの集合写真だった。

「ずいぶん前の写真ですよ、これは」

彼女は写真を凝視した。

「顔の感じはほとんど変わっていないので、分かります。あたしに後見人制度を勧めた篠田さんです」

嘉瀬夫人は集合写真の中の一人を指差していた。

14

夕闇が忍び寄り、建物の影が墓石のように延びる中、大神は高等検察庁の前に立っていた。

踏み込むかどうか迷っているうち、建物から出てくる人影があった。

樽型《たるがた》の体形の——久保山だった。激情家の本性を隠した恵比須顔だ。三度目の無罪判決を受けた後、同期の久保山に愚痴ったことはよく覚えている。

大神は意を決すると、久保山に近づいた。彼が気づき、「おっ」と手を上げた。「よう」

大神は軽く応じた。

「最近、調子はどうだ？」

久保山は「ま、いつもどおりだよ」と答えた。

当たり前のように有罪判決を得ている、ということだ。

そもそも検察官には、有罪判決をもぎ取った、有罪判決を勝ち取った、という認識はない。有罪率は九十九・七パーセントなのだから、〇・三パーセントの奇跡を得ようとする弁護士と違って、有罪判決を得て当然なのだ。

久保山が太い首を捻った。

「どうした？」

「……話がある」

「異動のことか？」久保山は苦笑いした。「弁護士事務所へ派遣だってな。災難だったよな」

「匂わされてるだけだよ」

――無罪を勝ち取りたければ弁護士がお勧めだぞ。

次席検事の皮肉が脳裏に蘇る。

久保山が同情するように「もうすぐ内示か……」とつぶやいた。

検察官は二、三年に一度、定期異動がある。一月に『意向打診』が行われ、四月に異動する。異動先は検察内にとどまらず、法務省や外務省など、他の省庁への出向や、司法研修所の教官への就任もある。

滅多にないが、〝社会勉強〟という名目で、弁護士事務所や民間企業に派遣されるケースもある。実際は、裁判官との〝癒着〟と批判される『判検交流』への改善策だ。裁判官だけではなく、弁護士とも交流していますよ、というポーズ。

「心配しすぎんなよ」久保山が大神の肩に手をのせた。「高検の検事を弁護士事務所には放り投げないだろ」

「……そう願う」

もっとも、異動先にかかわらず、辞職の意志は固めている。今はただ――〝権限〟を有しているうちに若頭の須賀銀二を法の下へ引っ張り出したい、という意地だけで踏みとどまっている。

「〝無罪病判事〟のせいで散々だよな」久保山が嘆かわしそうにかぶりを振った。「退官がもう一年早けりゃ、被害も受けなかったのにな」

「……検察官が裁判官に甘えすぎていたのかもしれない」

「は?」

「絶対的な無罪の証拠が弁護士側から出てこないかぎり、有罪判決を書いてくれる裁判官が多いんだ。審判を味方につけたスポーツのようなもので、ま、これでも勝てるだろ、って甘えがなかったとは言い切れない」

「おいおい、無罪判決に賛同するのか？」

「そういうわけじゃない」

久保山は呆れ顔で嘆息した。

「昨日、大学教授の殺人と強姦致死の控訴審で判決が出た。裁判官は殺意を認定して、無期懲役の一審判決を支持したよ。被告側の控訴棄却だ」

「らしいな」

「それも間違いだと？　犯人を逆転無罪で社会に解き放てってて？」

「そうは言ってない。大事なのは法がきちんと機能することだろ。罪を犯した人間に、法にのっとってその罪に相応しい刑を科す。証拠もなく有罪にしない――」

「冤罪の〝可能性〟だけで見逃せないだろ。罪の軽減や無実を訴えるのは弁護士の役目だ。検察官が弁護士側に立ったら、誰が被告人の罪を追及する？」

「俺だってそこは問題にしていない。検察官が被告人を追及し、弁護士が弁護する。それが裁判だ」

「だったら何が問題だ」

「裁判官の中立性、公平性、あらゆる権力からの独立性」

「そんなもん、元から何も問題なんてないだろ」

「嘉瀬さんの判決もそう思うか？」

久保山は顔を顰めた。

「あれは裁判官の暴走だろ。自分の正義に酔って、無罪判決を乱発しやがって。公平や中立とは無縁で、完全に弁護士の味方だ」

「……本当にそうかな？　それは今まで弁護士側が主張してきたことだろ。無罪判決を勝ち取った経験のある弁護士が一体どれだけいる？　嘉瀬さんがしたのは、法を公平に厳格に適用することだけだ」

「一番の被害者がやけに〝無罪病判事〟の肩を持つじゃないか」

「……嘉瀬さんと話した」

久保山が目を眇《すが》めた。分厚い頬の肉がいびつになる。

「話したって――法廷から消えた後か？」

「ああ」

「まさか施設まで行ったのか？」

大神は黙ってうなずいた。

「仇敵と親交を深めたかった——ってわけじゃないんだろ。わざわざ何しに？」

「四度目の無罪判決——」

「ヤクザの組長殺しの、あれか。元看護師が無罪になって——その後、報復を受けたんだっけ。ま、組長を殺害してただですむはずがないし、自業自得だな」

「無実だったら、司法の犠牲者だ」

久保山は表情から敵意を薄れさせた。

「そんなことを気に病んでんのかよ。それはお前のせいじゃない。無罪判決で釈放されて殺されたから、冤罪だったかも、なんて被害妄想じみた不安を感じてんだよ」久保山は人差し指を立てた。「いいか。看護師が財布をくすねようとしてバレてヤクザの組長を殺した。警察に逮捕された。一審で有罪になった。二審で無罪になった。ヤクザに報復された。終わり。それが事実だ」

気遣われるとは思わなかった。久保山も決して悪い人間ではない。それは分かっている。

だが、うやむやにはできない問題もある。

「……大事な話がある」

切り出すと、久保山は眉をわずかに寄せた。

「そっか。日比谷にでも行くか？」

久保山は、高等検察庁の真正面にある日比谷公園に視線を投じた。

「いや。一般人が多い場所で話すことじゃない」

久保山が眉を顰めた。肉に埋もれるように目が細まる。

「……何だよ、何か怖いな」

大神は一呼吸置いた。

「嘉瀬さんが倒れたのは、俺の公判の判決文朗読中だった」

「知ってるよ。結局、無罪判決は変わらずだったな。ま、もう復帰はないけどな」

「……それだよ」

「それ？」

「嘉瀬さんには後見人が付いた。職場関係者の篠田と名乗った男の助言で、奥さんが成年後見制度に申し込んだそうだ」

「……へえ」

「篠田はお前だろ、久保山」

久保山は眉をピクッと動かした。それが目に見える唯一の反応らしい反応だった。

「急に何を言い出すんだ？」

「嘉瀬夫人がお前の写真を見て、この人だったって証言したよ」

「お前——そんなことを嗅ぎ回ってんのか。一体何がしたいんだ？」

「偶然だよ。松金組の看護師殺しを追っていたら、たまたまそんな真相にぶつかった」

「脳をやって休職中の仇敵の見舞いに行った。そうしたら奥さんと会って、親切心で相談に乗った。それだけだよ」

「親切心ならなぜ偽名を？　出会ったときから『篠田』を名乗ったんだろ」

「〝無罪病判事〟は検察庁と敵対してる。正直に名乗ったら警戒されるだろ」

「見舞いを装った様子窺いだったんだろ？」

久保山は口元を緩めた。

「……大神に隠しても仕方ないか。〝無罪病判事〟に復帰されたらまた脅威になるだろ。病状を気にするのは当然だと思うがな」

「成年後見制度を勧めたのは？」

「不動産の契約ができないって悩んでいたから、制度の存在を教えた。何か問題があるか？」

「別の意図を感じるな」

「……別の？」

「嘉瀬さんの復帰を阻止するためだろ」

久保山の恵比須顔から表情が剝がれ落ちた。

成年後見人が付くと、国家資格保有者による業務ができなくなり、公務員、社会福祉法人、会社役員などの職や地位を失うのだ。後見人制度は途中でやめられないので、実質、資格の永久的な剝奪《はくだつ》だ。

「嘉瀬夫人は回復も匂わせていたそうだな。裁判官復帰の可能性を潰したくなかったから、病状を軽めに話したんだそうだ」

「だったら？」

「お前は何としてでも復帰を阻止しなければと考えた。だから不動産契約のため――という名目で、後見人制度を勧めた。結果、嘉瀬夫人が申し込みをして、嘉瀬さんに後見人が付いた。これで裁判官は自動的に退官だ」

久保山は否定しなかった。

「復帰されたら、いつ自分が〝無罪病判事〟の法廷に当たるか分からないもんな。駆け込みで悪用か」

被後見人の職業や資格を制限するのは、本人の就労や社会参加の機会を奪う、として問題になっていた。軽度の知的障害のある男性が成年後見制度を利用したことで警備の職を失い、職業選択の自由を保障する憲法に違反しているとして訴訟を起こしたのだ。それが一つのきっかけとなり、政府は『欠格条項』の見直しを決定した。

久保山としては、全廃される前に制度を悪用したのだろう。退官させれば、『欠格条項』が全廃されても復帰は容易ではない。

「お前だって！」久保山が声を荒らげた。「お前だって望んでただろ！」

彼の反駁《はんばく》は胸に突き刺さった。否定はできない。久保山を責めているのは、自分が辞職を決意したからこその正義感だ。立て続けに逆転無罪判決の当事者となっていた時期は、敵愾心《てきがいしん》の塊だった。もし嘉瀬を退官させられる手札が手元に配られていたら、彼と同じく迷わず使ったかもしれない。

だが――。

「病気で倒れた彼に追い打ちが必要だったとは思えない。それは正義に反する」

「綺麗事を抜かすなよ。〝無罪病判事〟に俺たち検察がどれほど振り回されたか。ぽんぽんぽんぽん無罪を乱発しやがって。犯罪者を野放しにする馬鹿判事だろうが」

「彼は法を厳格に――適切に適用していただけだ」

「〝無罪病判事〟の肩を持つのか」

「違う。判決文を全て読めば、証拠や証言をどれほど精査したうえで出した判決か分かる」

久保山は腕を横ざまに振った。

「俺が間違ってるってのか？　〝無罪病判事〟の抹殺は世間が望んでただろうが。排除を望む署名も万を超えてた。メディアも非常識判事としてバッシングした。ＳＮＳでも嘉瀬の顔写真と共に怒りの書き込みがあふれた。何人もの著名人や政治家が嘉瀬を批判した」

「……よく知ってる。言われるまでもない」

「犯罪者の味方をする裁判官が消えてくれて、全員がハッピーハッピーじゃねえか」

「司法権の独立を侵す行為だ。講義が必要か？」

久保山は鼻で笑った。

裁判官はあらゆる権力から独立している。公正な裁判のためには、国会や内閣はもちろん、どんな組織や団体からも圧力や干渉を受けてはならない。日本国憲法の初歩の初歩だ。

世論の感情的な声に押し流されて判決を変えてしまうようでは、もはや法治国家とは言えない。相容れない部分もあったが、どれほど批判されようとも、〝法律家としての良心〟に従って判決を出し続けた嘉瀬を今では尊敬している。

だからこそ、久保山のやり方を認めるわけにはいかなかった。

大神ははっきりそう言った。

久保山は左頰のほくろを掻いた。

「だったら俺をどうする？　俺は病気の判事の見舞いに行って、たまたま奥さんに会って話を聞いて、親切心で成年後見制度を勧めた。それだけだ。何か罪に問えるか？」

久保山の言うとおりだった。嘉瀬の妻が新居購入のための貯金を下ろせず、困っていたのは事実だ。不動産屋の人間でも、市役所の人間でも、銀行の人間でも、成年後見制度を勧めたかもしれない。嘉瀬の病状の重さを考えると、久保山が働きかけなくても、誰かのアドバイスで申し込んでしまった可能性は高い。

善意と言われれば否定できない。

法律家らしい巧妙《こうみょう》な排除の仕方だ――と大神は自嘲《じちょう》の笑みをこぼした。

「お前がしたことは間違ってる」大神は言った。「そのことは俺も知ってるし、お前も知ってる」

「だったら？」

「良心は痛まないのか」

「青臭いことを言うなよ。良心で悪人を裁けるか？　俺らを縛るのは〝法〟だろ」

法――か。

法を絶対視し、白と黒に分けるのは、明確に黒でない行いを黙過することでもある。

それは果たして正しいのか。

法律家として、法を全ての指針にすることは正しい。恣意的に法を適用することは許されない。だが、答えは出せなかった。

法とは何なのか。

今まで自分が信じていたものが揺らいでいた。

久保山が言った。

「良心は裁けやしないんだよ。裁く法律もない」

――法は万能ではない。

それを認めた瞬間、嘉瀬の信念に初めて共感できた。

法は万能ではないからこそ、悩み、苦しみ、己の良心に従うのだ。時には間違うかもしれない。嘉瀬の無罪判決全てが必ずしも正しいとはかぎらない。だが、己の良心だけは裏切らない。それが大切ではないのか。

結局、それ以上は久保山を追及できなかった。

世の中に悪など存在しないかのような晴天でも、心の中は曇っていた。

15

夜の闇が街灯の仄明《ほのあ》かりを呑み込んでおり、住宅街の先まで真っ暗だった。

寒風が死神の笛を思わせる音を立てて吹きつける中、大神は革靴の音を鳴らしながら歩いていた。

久保山の〝助言〟で嘉瀬夫人は夫に後見人を付けてしまった。その結果、嘉瀬は裁判官の資格を失った。だが、久保山の悪意を証明する手段はなく、何らかの罪に問うことはできない。

釈然としないものの、現実は受け入れて次の行動をとるしかない。

明日は後見人の藤本弁護士を訪ねよう。

闇を流し込んだようなアスファルトの道路に、うっすらと『とまれ』の白い文字が浮かび上がっている。電信柱は地面に突き立てられた黒い槍のように見えた。郵便ポストも、住宅の庭先に停められた自転車もスクーターも、植木鉢も、黒い影と化している。

公園の入り口の前を通ったときだ。風の音色以外は静寂に閉ざされた住宅街で、ふいに小さなエンジン音を聞いた気がした。

大神は振り返り、暗闇に目を凝らした。光はなかった。だが、闇の中でエンジン音が大きくなり——。

突如、視界に黒い塊が現れた。

心臓が飛び上がり、背筋が凍りついた。両脚はアスファルトに根を張ったように動かなかった。

漆黒のセダンが肉薄した瞬間、ようやく体が反応した。飛び退くと同時に疾風が体を撫でた。地面に叩きつけられた。衝撃と共に痛みが走る。

大神はうめきながら身を起こした。膝立ちになりながら両手のひらを見た。着地の際についた手は、擂《す》りおろされた野菜のようだった。

喘ぎ喘ぎ顔を上げ、セダンが走り去っていった闇を見据えた。一息つこうとしたとき、またエンジン音が戻ってきた。

大神は目を剝いた。立ち上がるや、公園の中に転がり込んだ。猛スピードのバックで戻ってきたセダンは、入り口の逆U字形の車止めに激突し、停止した。

尻餅をついたままその光景を見やる。

セダンの両側のドアが開け放たれ、人影が降り立った。三人。闇に同化している人影は全身から殺意を発散している。

大神は立ち上がり、ちらっと後ろを確認した。数十秒で一周できそうな狭さの公園には、遊具があり、その背後に数階建ての団地がそびえ立っていた。

逃げ場はなさそうだ。

大神は三人組に向き直った。

植え込みを駆け抜けてブロック塀に飛びつくには、身体能力が足りないだろう。もたもたしている間に背後から襲われ、一巻の終わり。

相手は最初から殺意を剝き出しにしている。〝標的〟を決めて襲撃してきている。

大神は闇に響き渡る声で言った。

「松金組だな！」

人影は答えず、指を鳴らしながら近づいてきた。

姿が視認できる距離になると、二十代の若者たちだと分かった。首筋や手の甲の一部に黒いアザのような紋様――。刺青だろう。闇の中では柄までは分からない。

プロには見えなかった。松金組の準構成員のような連中か、金で雇われた半グレか。

「若頭の須賀銀二の差し金だろう」

若者たちは動じなかった。

それが答えだった。〝若頭〟という単語を出されたら、普通は、目の前の人間が組関係者である可能性を疑うだろう。たまたま恐喝目的などで標的にしたとしたら、尻込みするはずだ。もっとも、車で轢《ひ》き殺そうとしている時点で、最初から狙われていたことは間違いないだろうが。

「検察官相手にオイタするんだな」

挑発的なニュアンスを込めて言った。正体を知らなければそれで引き下がるだろう。

若者たちはさらに一歩、距離を詰めた。

大神は身構えた。

脱出するには、一人か二人はのさなければならない。ボクシングジムでストレス発散でサンドバッグを殴っているだけの素人に喧嘩ができるか、自信はなかった。

だが、やるしかないと胆を据えた。

恥も外聞もなく大声で助けを求めるのは、プライドが邪魔をした。一文の得にもならない男のつまらない意地だ。

一歩踏み出せば手が届く距離に若者たちが接近した瞬間、大神は先手を取った。端の金髪の頬に右拳を叩きつけた。真ん中の人間を狙わなかったのは、踏み込んだとたんに両側から挟まれて袋叩きに遭うリスクを懸念したのだ。

拳に肉の感触が伝わった。顔を逸らした金髪がたたらを踏んだ。頬を押さえながら睨み返す。

長髪のバンダナが反応した。

「ぶっ殺してやる！」

両手を伸ばして摑みかかってきた。本能的な行動か、柔道などの経験者か。

大神は摑まれる前に飛びのいた。相手は前進の勢いそのままに身を屈め、タックルしてきた。中肉中背の全体重が腹部にぶつかる。

両脚を前後に開いて倒されないように耐え、右膝を突き上げた。相手の腹に膝が突き刺さり、ぐっと息が漏れた。だが、相手は手を放さず押し込んできた。

押し倒されたものの、渾身の力で蹴り剝がした。すぐさま立ち上がる。

振り回された拳をブロックし、相手の顔面をサンドバッグに見立てて右フックを食らわせた。顎を打ち抜いた感触があり、長髪のバンダナは膝から崩れ落ちた。

よし――。

向き直ると、残った二人が警戒心を見せていた。前のめりになりながらも、飛びかかってこない。

二人が公園の出入り口に陣取っていなければ、この躊躇に乗じて逃げの一手に転じただろう。

二人は両側に分かれ、挟み撃ちにするように動きはじめた。

大神は挟まれないよう、半円を描きながら後ずさった。二人が同時に殴りかかってきた。最初の一発は辛うじて避けた。二発目も腕で受け止めた。三発目——裏拳を鼻面に食らった。つん、と刺すような痛みが顔面に広がる。

鼻を押さえると、生温かい血の感触があった。顔を顰めながら腕を振り回した。空振りだった。腹部に衝撃を受けた。蹴りだ。内臓が歪んだのが分かる。

歯を食いしばって耐え、右フックを放った。距離が足りず、また空気を殴った。だが、相手はのけぞった。大神は思い切って踏み込み、渾身のストレートを叩きつけた。

金髪がうずくまると同時に、鼻ピアスの若者に胸倉を絞り上げられた。喉が圧迫され、息苦しさを覚えた。

相手が拳を大きく振りかぶった。大神は先に右肘で一撃した。顎を捉えた。

鼻ピアスが怯《ひる》むと、左手のひらで相手の顎を押し上げた。体勢を崩しておいて、胸に二発、三発と右拳を叩き込んだ。たまらず相手が胸倉から手を放し、よろめいた。

追い打ちをかけようとしたとたん、相手も踏み込んできた。近距離で揉み合った。頭髪を摑まれ、引っ張り下ろされた。前かがみになったとたん、眼前に膝が迫った。反射的に両腕でガードした。盾にした両腕に膝が叩き込まれ、骨が悲鳴を上げる。鼻ピアスの脚がスイングバックした。容赦なく二発目が襲ってきた。前腕で受け止めた直後、その脚を抱え込み、全身で押し込んだ。タックルの要領で薙《な》ぎ倒した。一緒に倒れ込み、上になる。髪は摑まれたままだ。

鉤爪を作り、相手の顔面に押しつけた。本能的な動作だった。引っ搔くようにして抵抗する。

相手が髪を離すと、上半身を起こした。相手の両脚が胴を挟んでいる状態だ。

大神は拳を腹部に浴びせながら、立ち上がろうとした。絡みつく脚が離れるまで殴る。

相手は脚を外して折り曲げ、真下から靴底を突き上げた。大神は上半身を捻って避けた。蹴り上げが直撃していたら顎の骨が粉々になっていただろう。

熱い汗にまみれた背中に冷や汗が流れる。

大神は胸を上下させ、肺から息を吐き出した。砂利を踏み締める靴音が耳に入り、振り返ったときには視界が弾けていた。顎がぐらつき、世界がぐらんぐらんと揺れる。

口内には血の味が滲んでいた。

大神は奥歯を噛み締めながら、ねめつけた。金髪のパンチを食らったのだと分かった。息を吹き返したのだ。

金髪が闘犬のように歯を剝き出しにした。

「てめえ、許さねえかんな！」

唾を撒き散らし、殴りかかってきた。動きは見えていても体は即座に反応せず、腕で顔を庇うのが精いっぱいだった。ブロックしたのもつかの間、どてっぱらに拳が炸《さく》裂《れつ》した。内臓が波打ち、息が詰まった。

後ろ襟を摑まれ、身を起こせない状態で横っ腹に何発もパンチを食らった。たまらずくずおれた瞬間、腹部に爪先が突き刺さった。サッカーボールにされ、体がくの字に折れ曲がった。

怒りの息を歯の隙間から蒸気のように噴き出した金髪は、もう一発蹴りを放とうとした。

大神はとっさに砂を握り締め、相手の顔面へ放った。金髪が低い声を上げ、顔を背けた。

「クソ、マジうぜえ！」

金髪が目をごしごしとこする。

大神は立ち上がり、無防備なみぞおちに拳を打ち込んだ。ゴムの塊のような感触に深々とめり込む。

金髪が獣の断末魔のような声を発し、片膝をついてえずいた。

視界の端で人の動きを捉えた。長髪のバンダナが躍りかかってきた。

放った右拳は躱《かわ》され、ボディーブローが肝臓《レバー》に突き刺さった。一発で息が止まった。

膝が地面に落ちるや、蹴りの嵐を受けた。そこに鼻ピアスも加わった。二人がかりで蹴られ、踏まれた。

体を丸め、頭を庇って暴力に耐え忍ぶしかなかった。

殺される――。

死を覚悟したとき、女性の悲鳴が耳を打った。暴力がやむ。

長髪のバンダナは暴れ狂った猛犬のように息を乱し、公園の出入り口のほうを睨んでいた。

若者たちが舌打ちし、「クソが！」と吐き捨てる。女性の人影と周囲を交互に確認し、目配せし合う。

「誰か！」

女性がまた叫び声を上げた。

若者の一人が「行くぞ!」と命じ、セダンへ駆け寄った。他の二人が追従する。

まさに一目散という表現が相応しく、三人組はセダンに乗り込んでエンジンを轟かせると、急発進した。そのまま闇に吸い込まれるように走り去っていく。

辺りには排気ガスの残り香が棚引くように漂っていた。

大神は全身から魂が抜けそうな息を吐いた。体のあちこちの痛みが急に襲いかかってきた。

アドレナリンの効果も切れたらしい。それでも、無様に叩きのめされず、多少なりともやり返せたことは誇らしかった。

もっとも——。

検察官としてはあるまじき感情だろうが。

手のひらで鼻血を拭ったとき、会社員らしきスカートスーツ姿の女性が歩み寄ってきた。警戒するように周囲を見回しながら。

「大丈夫——ですか」

おずおずと声を掛けられた。

大神は立ち上がると、スーツの砂埃を軽く払い落とした。膝や肘の部分が破れている。

「……オヤジ狩りに遭いました」

苦笑いしながら答え、我ながら古臭い単語を持ち出したものだと呆れた。

「あのう……警察、呼びましょうか?」

大神は連中が舞い戻ってこないか、通りの先を確認した。

「……いえ、大丈夫です」

高検の検察官が半グレのような集団と大立ち回りを演じたことがニュースになったら、困る。相手の素性が分からない中で報じられたら、こちらが悪者にされる可能性もある。国家公務員のトラブルは注目を集めるのが世の常だ。

「でも、怪我を――」

「診断を受けて何かあれば通報します」

「そう――ですか」

女性は迷いを見せたが、「お大事に」と言い残して歩き去った。

大神は天を仰いだ。月も星もないスレート張りのような漆黒の夜空は、不吉な予感を伴ったおぞけを覚えるには充分だった。

だが――。

大神は一呼吸置くと、改めて若頭の須賀銀二に法の裁きを受けさせる意志を固めた。

16

大神が訪ねたのは、藤本弁護士事務所だった。事前に連絡すべきかどうか迷ったものの、結局しなかった。身構える余裕を与えず追及すべきだと結論づけた。

松金組との繋がりを仄めかし、嘉瀬に何かの〝メッセージ〟を伝えようとした藤本弁護士――。

一体何が渦巻いているのか。

陰謀の臭いを感じる。

応対した女性事務員は大神の顔のアザを見てぎょっとした表情をしたものの、『高検の検察官』だと伝えるや、態度を一変させた。

「少々お待ちください」

女性事務員は慌てて室内に戻り、奥へ駆けて行った。出入り口から覗き見ると、奥のデスクでノートパソコンに向き合う銀縁眼鏡の男に話しかけていた。法廷の弁論よりも書類仕事を好むタイプに見えた。神経質そうな顔立ちだ。

男が立ち上がり、玄関までやって来た。銀縁眼鏡の奥にある思索的な目で大神を眺め回し、「藤本です」と自己紹介した。顔のアザにも無反応だ。

「高検の検事さんがどのようなご用でしょう？」

当然の疑問だろう。さっそく本題に入ってきたのは、後ろめたい隠し事があるゆえの不安が理由か、それとも純粋な疑問か。表情や態度から真意を推し量ることはできなかった。

大神は外を一瞥してから向き直った。

「玄関先で話していては、依頼者も訪ねにくいのでは？」

藤本弁護士は唇の端をわずかに歪めた。室内の応接セットを手のひらで指し示す。

「どうぞ、中へ」

「……失礼します」

大神は弁護士事務所に進み入った。ガラステーブルを挟み、黒革張りのソファに藤本弁護士と向き合って座る。

口火を切ったのは藤本弁護士のほうだった。

「何を切り出されるか、少し怖いですね」

「弁護の依頼と答えれば――驚きますか？」

「個人の弁護士事務所に高検の検事さんが?」藤本弁護士は苦笑した。「さすがに他意を疑うでしょう」

「信じてもらえるとは思っていません。今日伺ったのは、嘉瀬さんの後見人の件です」

藤本弁護士の顔から表情が消えた。

「後見人の――?」

「はい」

「……なぜ検事さんが出てくるんです?」

「心当たりがおありでは?」

藤本弁護士の目が一瞬だけ泳いだ。すぐに繕ったものの、大神は彼の反応を見逃さなかった。

何かがある――。

「僕には何の話だか……」

予想だにしない話が不意打ちで飛び出してきたからだろう。藤本弁護士の声には動揺が忍び込んでいた。

大神はあえて何も答えず、彼の目をじっと見返した。全てお見通しですよ、というプレッシャーが伝わるように意識して。

藤本弁護士は膝の上で拳を握っていた。手の甲に青筋が浮き上がっている。

彼は緊張に気づいたのか、手を開いた。しかし、それでは落ち着かないらしく、膝頭を握り締めた。

「松金組――と言えば分かりますか？」

大神は踏み込んだ。

藤本弁護士の反応は顕著で、今度は目を瞠った。

「……松金組？」

おうむ返しにするのは、誤魔化し方がすぐに思いつかないからだ。無言というわけにはいかず、とりあえず何かを口にしなければ、と焦った結果だろう。

「思い当たる節がおありでしょう？」

「……いえ、全然」

「嘘はやめましょうよ。その反応で、全然、は通じないでしょう」

「それは――」

日ごろ法廷で検察と剣先を突っつき合わせている刑事弁護士ならば、もっとしたたかで、窮地こそ平然としていただろう。

「松金組とあなたの関係は？」

「え？」藤本弁護士は当惑の顔つきをした。「私が？　嘉瀬氏ではなく？」

大神は逆に戸惑った。

「どういう意味ですか？」

沈黙が降りてきた。しばらく無言で見つめ合う。

藤本弁護士が眉を顰めたまま口を開いた。

「お互いに何か誤解があるのでは？」

大神は小さくうなずいた。

「誤解というか……嚙み合っていない気はしますね」

「……ここは駆け引きなしで、腹を割って話し合いませんか。腹の探り合いをしても平行線でしょう」

こちらの手札は心もとない。嘉瀬の孫が盗み聞きしたという藤本弁護士の発言は、所詮、伝聞の証言だ。

——松金組からのメッセージです。

藤本弁護士に突きつけたとたん、唯一無二の手札を失ってしまう。それでも手札を見せ合うべきだろうか。

大神はしばし思案し、決断した。

一枚の手札ではじり貧だ。

「分かりました。どうぞ」

大神は水を向けた。だが、藤本弁護士はかぶりを振った。

「大神さんが何を調べているのか教えていただけないと、僕のほうからは何も話せません」

「腹を割ろうと提案したのは、あなたですよ。先に手持ちのカードを開くべきでは？」

「本来ならそうするのが筋でしょう。しかし、僕のほうの手札は、明かすと明確に法に触れてしまうので……」

駆け引きをしているふうはなかった。それならば、守秘義務に抵触しない手札を晒すべきだろう。

「嘉瀬さんのお孫さんがあなたの発言を聞いています。松金組からのメッセージを嘉瀬さんに告げようとしたそうですね」

藤本弁護士は動揺を見せるかと思ったが、むしろ、拍子抜けしたように苦笑を漏らした。

「……ああ、その話ですか」

一番まずい核心を知られていなくて安堵したような反応だが、何か重大事を隠しているようにも感じなかった。

「他に何かあるんですか？」

藤本弁護士は「いえ」と首を振った。「あなたは幸彦君からその話を聞いて、僕を疑っている――と。こういうわけですか」

「まあ、そうなります」

「……奥さんのつてですか？」

「つて？」

「高検の検事さんがわざわざ僕を訪ねてきて、追及する――というのは、よっぽどでしょう？　嘉瀬氏があなたに相談するとは思えませんし、幸彦君にそんなつてがあるとは思えません。そうなれば、奥さんしかいない、と考えました。違いますか？」

今度は大神が苦笑する番だった。

「考えすぎです。私は松金組組員による看護師殺害事件を追っています。個人的に」

藤本弁護士がはっと目を開いた。

「嘉瀬氏が逆転無罪を出した――」

「ご存じでしたか。そういうことです。私はその逆転無罪判決を受けた検察官です。

釈放された看護師が組長殺害の報復で射殺されました。もし看護師が無実だったなら、検察にも責任がありますす。罪滅ぼし、というわけではありませんが――そもそも罪を償う方法などあるのか分かりませんが、私は指示を出したであろう若頭の逮捕まで持ち込みたいんです」

感情的になって喋りすぎたと気づいたときには、遅かった。藤本弁護士が松金組と繋がっているなら、宣戦布告したも同然だ。

だが――。

今さらか、と思い直す。すでに邪魔者として手配書に顔が載った状態なのだ。気にしても仕方がない。

「さあ」大神は言った。「次はあなたが手札を開ける番です」

藤本弁護士は親指で鼻頭を掻き、嘆息を漏らした。

「約束でしょう?」

「……これを話してしまうと、僕は後見人として重大な職務違反を犯すことになります」

「後見人として?」

藤本弁護士は渋面で「はい」とうなずいた。眉間には苦渋の皺が刻まれている。

「松金組と後見人に一体どういう関係が？」

藤本弁護士は答えなかった。

大神は語調を強め、追及を重ねた。

「松金組組長殺害容疑で起訴されていた看護師を無罪にした嘉瀬さんが倒れ、その後見人になったあなたが松金組のメッセージを持ってくる――。偶然とは思えませんが、作為とも思えません。どういうことですか」

藤本弁護士は膝のあいだで両手の指を絡め、深く息を吐き出した。緊張が見え隠れしている。

「嘘です」

「は？」

「松金組のメッセージ、というものは嘘です」

「嘉瀬さんのお孫さんが嘘をついていると？　あなたはそんな発言はしていないと主張するんですか？」

「違います。僕はたしかにそういう発言をしました。しかし、僕は松金組のメッセージなんてものは持っていないんです。そういう意味で、嘘、なんです」

「つまり、口にはしたけど、それは嘘だった――と」

「はい」

「納得できる理由を説明できるんでしょうね？」

「納得できるかどうかは分かりませんが、僕の真意は理解していただけるはずです」

「では、説明を」

「……僕は嘉瀬さんが松金組と通じている疑いを抱き、カマを掛けたんです」

カマ――。

「松金組の使者を装えば、嘉瀬さんが組との繋がりを話すと考えたということですか？」

「そうです」

「なぜ嘉瀬さんと松金組が繋がっていると？」

「……それは勘弁してください」

「そこが守秘義務に抵触する部分――なんですね」

藤本弁護士は唇を引き結んでいた。

沈黙が答えだと思った。

藤本弁護士はまぶたを伏せ気味にした。そしてつぶやくように言う。

「……一般論として、後見人は被後見人の通帳を預かって、お金の出入りを管理します」

彼はちらっと上目遣いに大神の顔を窺い、また視線を落とした。

これが彼が明かせる話の限界だろう。

藤本弁護士は嘉瀬の後見人になり、通常の職務として彼の通帳を預かった。そこに松金組との繋がりを示す何かがあった——。

間違いなく不審な入金だろう。松金組が組事務所から金銭を振り込むとは思えないから、フロント企業——ヤクザの息がかかった企業——を介したか。勤務する社員でさえ自社がヤクザのフロント企業だと自覚していないほど巧妙に偽装されているケースもあるが、松金組のフロント企業は比較的明け透けだ。

藤本弁護士は入金先を確認し、不審点を見つけ、調べた。その結果、松金組のフロント企業だと突き止めた。

そう、通帳を管理する後見人だからこそ知ることができた不正な金の流れ——。法に忠実に、公平かつ誠実に判決を出してきた嘉瀬の偽善の仮面が剝がれ落ち、裏から汚職裁判官の顔が現れた瞬間だった。

松金組は嘉瀬に入金して何をさせたのか。

「私の推理を聞いていただけますか」大神は言った。「答えを求めているわけではありません」

「……聞くだけならば」

「嘉瀬さんは逆転無罪判決で水島看護師を放免しました。その結果、松金組は自ら報復する機会を手に入れました。そう考えると、松金組は有罪より無罪を望んでいた――と推測できます。松金組がそのために賄賂《わいろ》を振り込んだとしたら、嘉瀬さんの無罪判決は本当に正しかったのか。第三者の介入で歪められなかったか」

藤本弁護士は何も答えずに聞いていた。

「もっと言えば、これはあまり考えたくないことですが、松金組の金銭の振り込みが一度きりでなかったとしたら、嘉瀬さんの他の無罪判決の正当性にも疑問符がつきますね？」

大神は藤本弁護士の顔を窺った。彼は黙って見返すだけで、否定も肯定もしなかった。だが、それで肯定だと分かった。

嘉瀬の口座には複数回の振り込みがあったのだ。松金組のフロント企業から。

藤本弁護士は職業後見人としてそれを知ってしまい、どうすべきか思い悩んでいる、ということか。

立場上、守秘義務があるので告発もできず、認知症が悪化している嘉瀬本人にカマをかけても話を聞き出せなかったとしたら――。藤本弁護士にできることはない。

相当な葛藤があるだろうことは、想像に難くない。

藤本弁護士は疲労感が籠った嘆息を漏らした。眉間に皺を刻み、絞り出すように言った。

「結果的に――幸彦君には迷惑をかけていると思います。悩ませているとも思います」

大神は小さくうなずいた。

「医学部合格、素晴らしいことです。僕も司法試験には苦しみましたし、人生をかけて挑戦していたので、合格した喜びは分かるつもりです。嘉瀬氏本人の言質は取れてはいませんが、幸彦君の医学部挑戦に否定的だったとは思えず、学費を出してあげるという話は祖父として実際にあったのだと思います。僕も法学部の学費は親におんぶに抱っこで、頭が上がりません。感謝もしています。僕個人の気持ちとしては、入学金の引き出しを認めたかったです。家裁が後で物言いをつける可能性はありますが、正しいことだと思っています。ですが――」

藤本弁護士の眉間の皺がますます深くなり、苦慮《くりょ》の翳りが顔を覆う。

大神は彼の言葉を引き取った。

「暴力団からの振り込みがあった以上、その口座のお金の引き出しを認めるわけにはいかなかった――」

藤本弁護士はうなずきそうになり、躊躇した。答えてしまったら守秘義務に反してしまう。

大神は代わりに言った。

「反社会勢力からの金銭の受け取りは大問題になります。ましてや、あらゆる権力や組織、団体、個人から独立していなければならない裁判官ならなおさら」

藤本弁護士はほんの少しまぶたを伏せ、言った。

「幸彦君と会って話を聞きましたが、彼は嘉瀬氏のことをとても尊敬しているようでした。立派で厳格な裁判官だと信じていました。だからこそ、真相は話せませんでした」

口ぶりには誠実さが表れていた。

藤本弁護士を見誤っていた。幸彦から話を聞き、藤本弁護士は杓子定規で情がない職業後見人だと思っていた。医学部の学費の件を訴えてもけんもほろろで、冷淡だ、と。

実際は違った。職業後見人ゆえに嘉瀬の不正な入金を知ってしまい、口座からの引き出しも許可できず、孫が尊敬する嘉瀬の裏の顔を教えることもできず、葛藤していた。

医学部に入学したい幸彦の気持ちは、充分すぎるほど理解していたのだ。

もし自分が彼の立場なら、同じことをしたかもしれない。

「僕は――」藤本弁護士は縋るような眼差しをしていた。「どうしたらいいんでしょう?」

答えられなかった。きわめてデリケートで複雑で、職業倫理が関わってくる問題だ。

――法の正しさとは何だろう。

「このままでは幸彦君の医学部入学金が払えません。何とかしたくても、僕に解決する手段はないんです」

自分が冷淡に見えることを承知で口を閉ざしていた藤本弁護士――。彼の苦悩は痛いほどよく分かる。

大神は大きく息を吐いた。

「入学金の振り込み期限までに、私が松金組の罪を暴きます。嘉瀬さんへの金の流れを明らかにします。そうすれば、状況は変わるかもしれません」

藤本弁護士は真剣な顔になり、大神の手を両手で握り締めた。骨が軋むほど強く。

「よろしくお願いします！　幸彦君のために」

大神は彼の手をしっかり握り返した。

幸彦の入学金支払い期限まであと六日――。

17

――嘉瀬は松金組から金を受け取り、水島看護師に無罪判決を出したのか。

大神は『松金組組長殺害事件』の判決文を閲覧し、一文一文精査していた。

判決内容に不自然な部分はない。嘉瀬の論理に矛盾や強引さはなく、無罪もやむなしと思わされる。だが、熟練の裁判官であれば、いくらでもそれらしい論理は導き出せる。

実際、無罪判決を嫌う裁判官がどれほど弁護士の立証を撥《は》ねのけ、有罪判決を出してきたか。弁護士がほぞを噛むほど、主張は裁判官の論理で退けられていた。

裁判官の内心は見えない。嘉瀬が金銭で判決を歪めたとしても、付け入る隙は見せないだろう。

法廷で対峙《たいじ》し、無罪判決を受けたときは嘉瀬に敵意を抱き、法の秩序を乱す無能裁判官だとこき下ろした。だが、実際に話をすると、彼の倫理観は正しく、ただただ公平かつ厳格に法を適用していただけだと分かった。

表面だけで人の印象を決めつける愚かさを思い知った。

だが――。

藤本弁護士の話を聞き、またしても印象が引っくり返った。

嘉瀬は金で判決を売った悪徳裁判官だったのか？　そうでないことを心底願っている自分がいる。

大神は裁判所を後にした。熊澤に連絡を取り、彼の馴染みの居酒屋で会う約束を取りつけた。

夕方を待ち、繁華街へ出向いた。居酒屋の暖簾をくぐると、熊澤は前回と同じように奥のテーブル席に座っていた。先に焼酎を飲んでいる。近づくと、彼は大神の顔をまじまじと眺め、眉を顰めた。

「それ――どうしました？」

熊澤は自分の頬を人差し指で撫でるようにした。

大神は苦笑しながら椅子を引き、座りながら答えた。

「半グレ三人の襲撃を受けました」

熊澤が眉をピクッと反応させた。

「まさか、松金組が――」

「……こちらの職業を知っても引きませんでしたから、最初から狙いは僕でしょう」

「よくご無事で。大丈夫ですか？」

「松金組を潰す決意がより強くなりました」

熊澤がにやりと笑みを浮かべた。

「大した気骨です」

「六法全書と睨めっこしているぼんぼんだから、ちょっと痛めつければ引き下がると舐《な》められたんでしょう」

大神は前回同様、日本酒を注文した。酒が運ばれてくると、軽く口をつけた。

「大神さんはどうするつもりです？」

「……反撃しようと思います」

熊澤が真剣な表情になった。

「やる気なんですね」

「ええ。やられっぱなしは性に合いませんから」

「何か考えが？」

大神は日本酒に視線を落とした。本丸に攻め込むにはまだ手札が少なすぎる。

だが、搦《から》め手《て》が奏功するとはかぎらない。

「……須賀にもう一度ぶつかります」

「須賀に？」

「はい」

「追い詰める決め手があるんですか？」

「決め手はまだ。本来なら裏を取って、証拠を突きつけるのが本道でしょうが……」

「できない理由が？」

時間がかぎられている。

嘉瀬の孫の医学部入学がかかっている。入学金の支払い期限まではもう一週間もない。

「短期間で一気に攻めたいんです」

熊澤は大神の顔を真っすぐ見返した。しばらく無言で互いの瞳から感情を探り合う間があった。

「……わけあり、ですか」

「はい」

熊澤は小さくうなずいた。

「分かりました。須賀にぶつかりましょう」

「理由は訊かないんですか？」

「話せる内容なら話しているでしょう。そうしないということは、守秘義務があるか、きわめて個人的な事情か、どちらかです。粗野なマル暴の刑事でも、その程度の機微は読めるんですよ」

熊澤は唇に薄く笑みを刻んだ。

嘉瀬の疑惑は吹聴していい話ではない。そもそも、成年後見人という立場の弁護士だからこそ知り得た内容なので、検察官にそれを匂わせること自体、本来なら逸脱行為だ。

「感謝します」大神は頭を下げた。「直接対決は明日になりますか？」

「急ぎますか？」

「少しでも早いほうが助かります」

「……なら、今夜、行きましょう」

「組に？」

「いや、須賀は大抵、水曜の夜はキャバクラです。組に乗り込むよりは安全でしょう。

大神さんを襲わせている以上、狼の巣穴に踏み入ったら何があるか分かりませんからね」

「……そうですね。では、お願いします」

「分かりました。ちょっと確認します」

熊澤はスマートフォンを取り出し、電話をかけた。相手と話しはじめ、「須賀は来てるか?」と訊いた。

「――そうか。ああ、迷惑はかけないよ」熊澤は電話を切り、スマートフォンを懐にしまった。「店の黒服をスパイにしているんです。須賀はお供付きで遊んでいるようです」

大神は立ち上がった。

「では、行きましょう」


繁華街の十字路の角に、装飾的なダブルのドアを正面に構えた『雅《みやび》』があった。

大神は熊澤の後について入店した。ギリシャ神殿風の円柱《コラム》が両脇に並び、レッドカーペットが店内まで延びている。受付の黒服が「いらっしゃいませ、お客様」と声をかけてきた。

どう応じるべきか迷っていると、熊澤が警察手帳を出した。黒服の顔に緊張が走る。

「当店に後ろめたいことはありません。もし捜索をされるつもりなら、令状を――」

「あー、店に用はないから心配しなさんな」

「しかし――」

「ちょっと失礼するだけさ」

熊澤が制止を無視して奥へ進んだ。大神は付き従った。

店内は豪華絢爛《けんらん》だった。天井では、巨大なクリスタルシャンデリアがきらきら輝き、エレガントなドレスを身に纏ったキャバクラ嬢と客を照らし出している。

「大神さん」

熊澤は奥に目を向けていた。

彼の視線の先を見やると、革張りのソファに大股開きで座っている須賀銀二の姿があった。胸の谷間を露出したドレス姿のキャバクラ嬢を両脇にはべらせている。両腕を女たちの肩に回し、ふんぞり返っていた。テーブルには高級そうなシャンパンのボトルとフルーツの盛り合わせがあり、両側のソファにはお供の組員が一人ずつ――。

熊澤が彼らに近づいた。キャバクラ嬢相手に喋っていた須賀銀二が顔を上げた。

「てめえ……」

熊澤は相手の怒気にも物怖《ものお》じせず、「相変わらず羽振りがよさそうじゃねえか」と話しかけた。

「羨むなよ。公僕には一生縁がねえからってよ」

「……人払いしろよ」

「あん？」

熊澤は「ほら」とキャバクラ嬢を手で払うようにした。「犯罪の共犯者になりたくないだろ」

女たちは怯えを孕んだ表情で熊澤を見上げると、揃って須賀銀二の顔色を窺った。熊澤をヤクザ者だと勘違いしているかもしれない。外見も言葉遣いも大差がない。

須賀銀二は舌打ちすると、両手で女たちを押しやった。

「おら、行け！」

二人は「失礼します」と立ち上がり、そそくさと店の奥のほうへ歩み去った。ときおり、後ろを振り返りながら。

「どうぞ」

熊澤に促され、大神は対面のソファに腰を下ろした。須賀銀二と向かい合う。

「……楽しい酒の席を邪魔しやがって」

須賀銀二の吐き出す声には、御しがたい怒りが滲み出ていた。

「時間は遣わせませんよ」

彼は「ふん」と鼻を鳴らした。

「水島看護師の件です」

「暴走した若いもんをパクって面子《メンツ》は立ったろ」

「面子は関係ありません。私が求めているのは真実です。生贄で幕引きをはかる気はないんです」

「欲は掻かないほうが身のためだと思うがな」

「……また半グレに襲わせますか？」

大神は自分の顔の青アザを人差し指で突っついた。

「何の話か分からねえな。でっち上げ逮捕は勘弁してくれや」

「全ての罪をまんまと逃れられると思ったら、大間違いです。少なくとも、水島看護師殺害の引き金を引いた罪は償ってもらいます」

「引き金を引いたのは辻本だろ」

「言葉遊びはよしましょう。あなたは組長殺しの犯人と思い込んだ水島さんに落とし前をつけさせるため、外に出したんです」

「外に出した？　出したのは裁判所だろうが。後は――」須賀銀二は大神に人差し指を短刀のごとく突きつけた。「有罪にできなかった無能な検察官だ」

以前なら感情が逆撫でされたかもしれない。だが、今は違う。

「僕は――水島さんが有罪だったとは思っていません。逆転無罪判決は妥当だったと思っています」

「いや、あいつは組長《オヤジ》を殺した。オヤジを慕う若いもんが仇討ちを考えるのも当然だ」

「……判決は妥当でも、その過程はどうなのか」

「過程？」

「そうです。嘉瀬裁判官は高裁で無罪判決を出しました。判決そのものは正しかったと思っています。しかし、その判決を出した理由は、本当に法廷の証拠と証言を公平かつ厳格に精査した結果なのか。私は疑念を持っています」

須賀銀二は続きを促すように顎を持ち上げた。

「嘉瀬裁判官の銀行口座には金銭が振り込まれていました。複数回にわたって」

須賀銀二の唇の片端がわずかに盛り上がる。

「振り込んだのは松金組の企業舎弟です。裁判官の買収です」

「……それが事実だとして、何のためだ？」

「水島さんの有罪を阻止するためです。刑務所の中に入ったら、落とし前をつけられませんから」

欧米と違い、日本の刑務所は規律がしっかりしており、囚人の暗殺などはまず不可能だ。対立組織から命を狙われている場合、刑務所の中に入るのが一番安全と言われている。

「あなたは水島さんを逃がさないため、裁判官を買収し、無罪判決を出させたんです。そして組員を鉄砲玉にし、組としてしっかり落とし前をつけた。違いますか？」

「……知らねえな。だけどよ、それが事実だとしたら、うちのもんが勝手にやったとしても驚かねえよ」

「買収もあくまで下っ端の独断だと？」

「なんせ、こっちはオヤジの命《タマ》がとられてんだ。子としてはいきり立つもんだろ」

「……拳銃持って特攻するだけならまだしも、企業舎弟を介して裁判官を買収するなんて大それたこと、上の指示なしに行う組員がいるとは思えませんね。それとも、松金組は若い組員の暴走も抑えられないほど統率力がないんですか？」

須賀銀二の口がとたんに重くなった。

「そんなに抑えが利かないなら、警察も厳しく締めつける必要がありますね」

「……脅しか？」

「あなたでは組員を抑えられないんでしょう？」

「……裁判官を買収して無罪を出させたとしたら、全てはオヤジの仇をとるためだ。二度はねえ」

「絵を描いた人間は？」

須賀銀二は口元を緩めると、シャンパングラスを手に取り、一息に呷った。

「差し出せってんなら、まず金で判決を売った裁判官を先に引きずり出せよ。できるもんならな」

公務員やみなし公務員が賄賂を受け取り、便宜を約束したら収賄罪になる。五年以下の懲役だ。一方、賄賂を贈る贈賄罪は三年以下の懲役、または二百五十万円以下の罰金になっている。贈った者より、受け取った者のほうが罪が重い。

嘉瀬の罪を暴き、告発すれば、彼は世間から袋叩きに遭うだろう。ただでさえ、無罪を乱発した罪で憎悪と怒りを買っているのだ。判決が金銭で歪められたとなったら、彼の判断に何一つ正当性がなくなる。

須賀銀二が婉曲的《えんきょくてき》に贈収賄を認めた以上、嘉瀬の罪を否定することはもうできない。

「……これで終わりではありませんよ」

　大神は改めて宣戦布告した。

18

『雅』を出ると、後ろから熊澤が訊いてきた。

「須賀にぶつけた話は――」

　大神は立ち止まると、振り返った。困惑混じりの熊澤の顔を見据える。

「店で聞いた話は忘れてください」

「しかし、裁判官の買収は大問題ですよ。嘉瀬裁判官は例の〝無罪病判事〟でしょう？　その判決が第三者に操られていたとしたら――」

「証拠はありません。いくつかの状況証拠をもとに推測して、須賀にカマをかけたんです」

　根拠は藤本弁護士が匂わせてくれた情報だけだ。物証がないからこそ、須賀銀二を直接揺さぶるしかなかった。

「……熊澤さん、少し相談があります」

大神は居酒屋に戻り、同じテーブル席についた。互いに酒を注文し、口をつける。

「私はこのまま松金組に攻勢をかけたいと思っています」

松金組の泣き所をつき、プレッシャーをかけるしかない。

「松金組は――」大神は思案しながら言った。「賭場を持っていると聞きました。どこで開帳されているか、警察は摑んでいるんですか？」

焼酎を口に運んでいた熊澤は、グラスをテーブルに戻し、氷をカラカラと鳴らした。

「残念ながら」

「巧妙に隠しているんですか、連中は」

熊澤は言いにくそうに頰を搔いた。

「突き止める気があれば、突き止めているでしょうね」

なるほど――。

警察も暴力団を必要以上には締めつけず、戦争にならない程度に治安を維持しつつ共存している、ということか。資金源である賭場を潰せば、懐事情が苦しくなって、ヤクの密売に手を出すかもしれない。そう考えると、逆に面倒事が増えかねない。

「プレッシャーをかけて組を瓦解させて、一気に頭を落とします。一般人を射殺しておいて、野放しにはできません。熊澤さんはどう思います？」

「須賀銀二を仕留められたら、松金組は弱体化します。完全には潰せなくても、須賀の代わりに跡目を継ぐ若頭補佐の滑川はインテリで売っている穏健派なので、抗争の激化には繋がらないでしょう」

「それを聞いて安心しました」

「プレッシャーの第一歩が賭場潰し――ですか」

「はい。資金源を断って、組員を徹底マークし、微罪でも次々引っ張るんです」

「追い詰められたら須賀もボロを出すでしょうね」

「できますか？」

言外に『警察は』という意味を込めた。

熊澤は目を細めると、顎の筋肉を盛り上げた。しばらく間を置き、唇を軽く舐める。

「……上を説得するのは難儀しそうですが、腰を上げざるを得ない状況にすれば」

「何か方策が？」

「今月は検挙強化月間ですし、松金組の賭場を突き止めれば、一気に点数を稼げます。説得の材料にはなるでしょうね」

大神は日本酒を一口飲んだ。

「……賭場を突き止めるあてはあるんですか?」

「辻本の奴を落とします」

「強情でしたよ。本当に落とせますか?」

松金組から破門された事実を突きつけ、娑婆に戻っても居場所はないぞ、と追い詰めた。辻本はかなり揺れたものの、結局、証言を拒絶した。

「破門の身といえども、若頭《カシラ》を売るのは相当な覚悟が必要です。が、賭場の情報ならもう少しハードルは低いでしょう。落とす方法はあります」

「それは――?」

熊澤は手のひらを軽く差し出した。

「検事さんは知らないほうがいいでしょう」

19

熊澤重光は繁華街に足を運んでいた。ホストクラブやキャバクラ、居酒屋、風俗店のネオン看板が原色でぎらつき、夜の闇を煌々《こうこう》と照らしている。

化粧の濃い派手な服装の女性や、酒臭い息のサラリーマンが行き交い、キャッチの若者が次々と声をかけている。

熊澤は目的の風俗店『マーメイド』に足を踏み入れた。レンガの外観の一部にモザイクタイルが貼られ、店名が書かれた看板がその前に立てられている。

店内の壁には、禁止事項が書かれた張り紙や、システムと料金を説明した張り紙が貼られている。

大理石風のタイルが貼られた受付カウンターの真上は、正方形に壁がくり抜かれており、ワインレッドのカーテンが半分まで下りてブラインドになっている。受付の人間の顔が——同時に客の顔も——見えないようになっているのだ。

「いらっしゃいませ。ご指名は？」

カーテンの向こう側から受付が訊いた。

熊澤は受付に突き進むと、躊躇せずカーテンをまくり上げた。

「ちょ、ちょっと——」

受付が慌てた声を発した。だが、顔を間近で突き合わせて客が何者かを理解したとたん、絶句した。

「く、熊の旦那……」

マル暴の刑事は組関係の店も全て把握している。『マーメイド』は暴力団の直営ではないが、松金組の人間の息がかかっており、必ずしも綺麗な店ではない。

熊澤は煙草に火を点けると、革張りのソファに尻を落とした。大股を開いて座る。

「最近じゃ禁煙禁煙でうるさいからよ。ちょっとばかり一服させてくれや」

受付がカウンターを回って出てきた。黒のベストを着た三十代の男だ。茶髪の巻き髪はずいぶん傷んでいるらしく、干からびた麵のようだった。

「く、熊の旦那、困りますよ。ここも禁煙で――」

「固いこと言うなよ。誰も困らねえだろ」

熊澤は一服すると、上向きに紫煙を吐き出した。煙が天井に溜まり、ゆっくり霧散する。

「あのう、何か不手際でも――」

熊澤は男の問いを無視し、天井のスプリンクラーをじっと見つめた。

「火事の対策はばっちりみたいだな」

男は熊澤の視線の先を見た。

「あ、この手の店で大惨事になった事件も知ってますし、オーナーがしっかりと」

熊澤は鼻で笑った。

「煙を吹きつけたらどうなるんだ？　感知するのか？」煙草を咥え、スプリンクラーめがけて軽く吹くまねをしてみせる。「辺り一帯水浸しか、え？」

男が半泣きの顔になる。

「か、勘弁してくださいよ、熊の旦那。大騒ぎになってしまいますよ」

「へえ？」

「警報が鳴って、客も嬢も全裸で駆け出てきます」

「そりゃ面白《おもしれ》えな」

「わけありの娘ばかりなんです。熊の旦那、どうかご容赦を」

熊澤は無言のプレッシャーをかけた。沈黙に耐えられなくなったのは男のほうだ。

「ほ、本気じゃないっすよね？」

「……どうかな」

思わせぶりに答えると、男はますます焦りを見せた。案内板の顔写真を手のひらで指し示した。

「サービスしますすよ。好きな奴を指名してください」

「そりゃ賄賂か？」

「いやいや、とんでもない。気持ちというか、その――」

「口止め料を嬢で払わせようってな、賄賂だよなあ、どう考えても」

男の顔からサーッと血の気が引いた。

熊澤は立ち上がると、男の肩を二度、軽く叩いた。

「ま、怯えんなよ。お前さんをいじめに来たわけじゃねえからよ。朱美って嬢がいるだろ」

「朱美っすか？」

「本名だ。源氏名は知らん」

「ちょ、ちょっと待ってください」

男は受付の中へ姿を消し、何分か待たせてから帰ってきた。

「〝ゆかり〟っすね」

「彼女に話を聞きたいんだがな」

「分かりました。今は客を取っていませんし、お望みのままに」

熊澤は煙草を揺らしてみせた。

「二本目は吸わせねえでくれよ。肺がんになっちまう」

「は、はい！」

男は大慌てで駆けていき、二分も経たずに戻ってきた。後ろからついてきたのは、生地が透けたキャミソール一枚の女――朱美だった。

「あんた……」

朱美は最初から敵意剝き出しだった。ネコ科の獣のように目を吊り上げている。今にも唸り声を発しそうなほどだ。

「何だよ……」

彼女は防御体勢のように腕組みしていたが、顎は攻撃的に持ち上げている。

「辻本の件だよ」

「……あたしの男をパクりやがって」

水島看護師を射殺した辻本は、愛人である朱美のアパートに転がり込んでいた。そこへ踏み込み、逮捕したのだ。彼女は辻本を逃がそうとして警察官に縋りついて妨害した。一晩、留置場で反省させたのだが、どうやら逆恨みしているらしい。

「翔梧を返せよ」

「人殺しだからな。当分、出てこれねえよ」

朱美は歯軋りした。

熊澤は短くなった煙草を吸うと、男を一瞥した。「おい」と煙草を軽く振ってみせる。

「え？」

「灰皿だよ、灰皿。床で消していいのか?」

「あ、いや――」

男は受付に引っこみ、陶製の灰皿を持って駆け戻ってきた。「どうぞ」と差し出す。

「何だよ、禁煙じゃねえのかよ。灰皿持ってんじゃねえか」

「それは――」

「怯えんなよ、責めてるわけじゃねえんだからよ」

熊澤は、男が両手で持っている灰皿に煙草を押しつけた。にじり消してから朱美に顔を向ける。

「辻本の奴が強情でよ。肝腎なことをなかなかうたいやがらねえ」

「あっそ。翔梧は漢気《おとこぎ》あるからね」

「無抵抗の一般市民を拳銃で射殺――。大した漢気だな」

朱美が鼻に皺を寄せた。

「ただの臆病者だろ」

彼女は敵を前にしたかのように前のめりになっていた。今にも両手の爪を立てて飛びかかってきそうだ。

「辻本が素直になってくれりゃ、手間が省けるんだがな」

朱美が唇を歪めた。

「熊の旦那」男が恐るといういうていで口を挟んだ。「ロビーで揉め事はちょっと――」

熊澤は半裸同然の朱美の体を眺め回した。

「こんな格好の女を連れ回せってか？」

「せめて個室とか――」

「ごめんだな。俺を敵視してる女と密室に押し込まれてたまるか。セクハラだのなんだの、無理やりされたなんて訴えられたらたまったもんじゃねえ」

「まさかそんな！　熊の旦那に牙を剝いたりしませんよ。お上に逆らって風営法で潰されたくありませんから」

「愛人の復讐心を過小評価したりはしねえよ」熊澤は朱美を睨みつけた。「ベッドの中で辻本から色々聞いてんじゃねえのか？」

朱美は嫌悪感に満ちあふれた顔をした。

「色々って何？」

「松金組のしのぎだよ。たとえば、賭場。違法賭博で稼いでんだろ」

「……さあ」

「庇い立てする義理があんのか？　松金組は辻本を見捨てたぞ。逮捕されたとたん、破門だ、破門」

朱美は目を剥いた。初耳だったようだ。

「破門なんて……あるはずない」

動揺が滲み出ている。

「嘘じゃねえよ。もう辻本には何の後ろ盾もねえ。大方、刑務所《ムショ》にお勤めしてる間は組があんたの面倒を見るとか、甘言でそそのかされて鉄砲玉になったんだろうが、残念だったたな。警察が組に圧力をかけたら保身に走った。トカゲの尻尾切りさ」

朱美は愕然とした顔でかぶりを振っている。

おそらく、辻本から都合のいい話を聞かされていたのだろう。下っ端組員の愛人を組が面倒を見ると本気で信じていたのだろうか。

「ま、情報を寄越すまで顔を出させてもらうわ」

顔色を変えたのは、男のほうだった。恨みがましく朱美を睨みつけたものの、怒鳴りつけたりはしなかった。どれほど迷惑に感じていたとしても、松金組の情報を喋れ、とは命じられないだろう。組を敵に回してしまう。

もっとも、彼女は本命ではない。

熊澤は踵を返すと、手をひらひらさせ、風俗店『マーメイド』を後にした。

その足で向かったのは所轄署だった。辻本翔梧を取調室に引っ張り出し、丸椅子に座らせた。連行してきた警察官が彼の腰縄を椅子に結びつける。

「さて」熊澤は対面に座った。「取り調べをはじめようか、辻本。今日は吐いてもらうぞ」

辻本は「へっ」と鼻を鳴らした。嘲弄《ちょうろう》するように唇の片端を持ち上げている。留置生活を続けるうちにずいぶん腹をくくったらしい。こうなると生半可な揺さぶりでは落ちない。

熊澤は舌打ちを我慢し、辻本を睨みつけた。主導権を一ミリたりとも譲るわけにはいかない。

「イキんなよ、辻本」

「あ？」

「金バッジ失って、何のバックもねえんだ。いきりちらしても滑稽なだけだぞ」

辻本は下唇を嚙み締めた。

「須賀の指示で鉄砲玉《たま》になったのは分かってんだ。お前が何もうたわなくても、須賀はどうせ逃げられやしねえ」

辻本は葛藤するように顔を歪めた。

「……だったら俺の取り調べなんざ、する必要ねえだろ。俺が組長《オヤジ》の仇を取ったのは分かってんだからよ」

「一般人を殺しておいてただで済むと思うなよ」

「ゆっくりさせろよな。娯楽もねえ檻の中でも、ここよりましだ」

「俺が知りたいのは松金組のしのぎだよ。ヤクをばら蒔《ま》いて荒稼ぎしてんだろ？」

「……うちはヤクはやらねえ」

「誰が信じる？　それに、うち、じゃねえだろ。破門の身なんだからよ」

辻本は歯を剝き出し、攻撃性をあらわにした。

「ヤクじゃなく、賭場で稼いでるってか」

「……それくらい、どこの組でもやってんだろ」

「どこで開催してる？」

辻本はそっぽを向いた。

「警察も松金組と全面戦争して、潰すつもりはねえんだ。だけどよ、一般人を殺しておきながら、鉄砲玉の逮捕と破門で手打ちにはできねえ。こっちにもそれ相応の手柄がなきゃな」

辻本はそっぽを向いたまま、目玉を熊澤に向けた。

「土産がなきゃ、本丸を落とすしかねえ。警察に松金組を潰させるか？　破門されてなお忠誠を誓ってんなら、組の壊滅は阻止したいだろ？」

辻本は熊澤に顔を戻した。

「何度も言わせんなよ。組は売らねえ」

熊澤は露骨にため息をついてみせると、首を回した。

「……朱美」

ぼそっとつぶやいてやると、辻本がピクッと反応した。目を眇め、「あ？」と聞き返す。

「お前の愛人、『マーメイド』で一生懸命働いてるみたいじゃねえか。店に足を運んだら、ずいぶん恨み言を吐かれたよ」

辻本が腰縄に繋がれた丸椅子を持ち上げながら立ち上がろうとした。

「店まで押しかけやがって！」

「愛人ってやつは意外と情報を耳にしてるからな」

「朱美は何も知らねえ」

「ま、落ち着いて座れや、辻本」

「朱美を巻き込むな」

「おいおい、はき違えるなよ。愛人を巻き込んだのはお前だろ。看護師を弾《はじ》いた後、アパートに転がり込んで。愛人は犯人を匿ったんだ、共犯だろ」

「あいつは何も知らねえって言ってんだろ」

「知らないですんだら警察はいらねえんだよ。賭場を摑むまでは通い詰めだな」

「店に迷惑だろうが！」

「だったらお前が代わりに吐いてもいいんだぞ」

辻本はスチールの机に手錠で繫がれた両手のひらを押しつけ、歯軋りしていた。

「愛人を救ってやれよ。ここから唯一できる献身だぞ。お前を庇ってくれた彼女を苦しめるな」

「……それが警察のやり方かよ」

怒りの籠った鼻息が漏れている。

「情報握ってるかもしれない人間を追及すんのは当然だろ。隠すつもりならとことん食らいつく」

辻本は全身を上下させて息を抜き、丸椅子に尻を落とした。神経質そうに指先で机を突っつく。

熊澤は首を左右に揺らし、骨を鳴らしながら待った。追い詰めるのが辻本でも朱美でも別にこっちは構わない、と思わせるように、余裕を繕う。

実際は朱美には期待していない。辻本がベッドの中でぺらぺらと得意げに話している組の情報は何かしらあるだろうが、賭場の場所を知っているとは本気で思っていない。

標的《ターゲット》は最初から辻本だ。

大神に急ぐ理由があるのなら、一発で落とすしかない。情け容赦は無用だ。

待ち続けると、ついに辻本が——落ちた。

20

夜の闇が覆いかぶさる繁華街の片隅に、三階建ての雑居ビルがひっそりとたたずんでいる。並ぶ窓ガラスは真っ黒だ。明かりは全く点いていない。

熊澤は同じマル暴の捜査官と制服警察官数名を従え、向かいから雑居ビルをじっと見つめていた。一時間のうちに二人の人間が姿を消した。

「いいか、乗り込んだら一気に踏み込むぞ」

制服警察官たちが薄闇に融《と》けるような小声で「はい！」と応じた。緊張が伝播《でんぱ》していく。

辻本の情報を信じるなら、松金組の賭場だ。本来なら近くの建物の一室で張り込み、裏を取ってから動くのが定石だ。だが、長期戦は大神が望んでいない。

熊澤は息を吐くと、合図をして雑居ビルに進んだ。真っ暗な石段を上った先にエレベーターがあった。見ると、乗り込む人間を俯瞰できる位置に監視カメラが備えつけられている。

リアルタイムで監視しているのか、単なる録画なのか。前者であれば、踏み込まれると知ったとたん違法賭博を隠滅するだろう。

賭場は地下二階だという。監視カメラで守られたエレベーターでしか下りられないあたり、選び抜かれているようだ。だが、逆に言えば、逃げ場がない。

監視カメラに捉えられずに乗り込むことはできそうにない。

熊澤はエレベーターのボタンを押した。

「……いくぞ」

エレベーターが到着すると、熊澤は率先して乗り込んだ。棺桶のように狭く、四人も乗れば鮨詰《すしづ》めだ。マル暴の捜査官一人と制服警察官二人が同乗する。

地下二階に着くと、エレベーターを降りた。薄暗い廊下が木製扉まで一直線に延びている。天井の丸い電灯はワット数を落としているのか、闇を追い払うには弱すぎる。第二陣の到着を待ってから、ドアの前に進んだ。見張りの姿はない。外からは人の気配が分からない。

大々的に開いているわけではないようだ。数あるしのぎのうちの一つにすぎないのだろう。

熊澤はノブを摑み、捻った。がちゃがちゃと音が鳴る。

息を吐き、木製扉の横にあるブザーを押した。背後で緊張の息を吞む音が聞こえた。待つと、鍵が外れる音がし、ドアが開いた。顔を出したのは、五分刈りで強面の若者だった。若者は熊澤の後ろ――居並ぶ制服警察官たちを見るなり、目を剝いた。慌ててドアを叩き閉めようとする。その反応は予想済みだったから、熊澤はドアの縁を鷲摑みにして阻止した。

熊澤は若者を押しのけると、慌ただしい靴音を引き連れて踏み込んだ。仕切りがない部屋にカジノのゲーム台が複数設置されている。ギャンブルに興じる人間たちは硬直していた。

「はいはーい、お遊び終了ー！」

熊澤は拍手で注目を集めながら、賭場を見回した。ゲーム台にはそれぞれ黒服のディーラーが立っている。女性客は一人もおらず、煙草の辛い臭いが充満している。

「よーし！」熊澤は店内に響き渡る声で命じた。「一人残らず賭博罪でしょっ引け！」

その号令を引き金にし、パニックが広がった。背広姿の人間や、シャツとジーンズのラフな格好の人間など、一目で客側と分かる者たちが叫び散らしはじめた。

「俺はまだ賭けてない！」

「金のやり取りはしてない！」

「逮捕は困る！」

「ギャンブルくらい、誰だってやるだろ！」

熊澤は聞く耳を持たず、制服警察官たちに逮捕を促した。客は一斉に捕まり、地下室から引っ張り出されていく。両手足を振り回し、「俺は二十万も勝ってたんだ！」と往生際悪く抵抗する者もいる。

右側のカウンターに目を向けると、男が混乱に乗じて革の表紙のノートにライターで火を点けていた。

「おい！」

マル暴の捜査官が怒声を上げ、駆け寄って揉み合いをはじめた。顧客名簿か、儲けを記した帳簿か――。押収される前に証拠隠滅をはかったのだ。

揉み合いの拍子にノートが床に落ち、靴に蹴り飛ばされ、滑ってきた。

熊澤は革靴で何度も踏みつけ、火を消した。手袋を嵌めて取り上げ、開く。紙の部分の三分の一ほどが黒焦げになっていた。読める箇所には、名前と数字が記載されている。

ギャンブルの客の一網打尽が目的ではないから、焼かれていても大きな問題はないだろう。

熊澤は騒乱をしり目に奥へ突き進んだ。マル暴の目当ては最初から松金組組員のみ。派手な柄シャツの中年組員の前に仁王立ちになる。

「誰が――チクった?」

憤怒《ふんぬ》の形相で中年組員が問うた。

「こんだけ堂々とやってりゃ、情報はどこからでも漏れるだろ。さあ、賭博罪だ」

「そんな微罪で挙げやがって……」

「しばらく臭い飯、食ってろ」

中年組員は拳を握り締めたものの、振りかざそうとはしなかった。

実際、微罪だ。公務執行妨害のおまけがついたら、その分、娑婆に戻るまでの期間が長引く。損得勘定をすれば、おとなしく手錠《ワッパ》をかけられるほうがいい、という計算だろう。

熊澤はカジノ台を撫でた。

「最近じゃ、ヤクザも西洋かぶれか。これじゃ、賭場っていうより、違法ギャンブル場だな」

「洒落てんだろ」

「一昔前じゃ、ヤクザ者の博打っていや、座敷を借り切っての花札やチンチロリンがお決まりだったんだがな」

「今時、その手の博打は馴染みがねえからな。時代に合わせてヤクザもアップデートしてんだよ」

熊澤は鼻で笑い飛ばしてやった。

「こんなみすぼらしいビルの地下で、警察の目にビビりながら開帳して格好つけんなよ」

「何だと？」

台上にはトランプカードが散らばっている。ディーラー側で伏せられているカードをめくる。

スペードの9にハートの4、そして——ダイヤのQ。場のカードの枚数からブラックジャックだと分かる。

三枚の合計は23。21を超えてしまっているので、ディーラーの負けだ。

「バーストだな。年貢の納め時ってこった」

熊澤は中年の組員に手錠を嵌めると、同僚に引き渡した。そして地下室を見て回った。

奥にはデスクトップ型パソコンが置かれていた。外付けのハードディスクもある。マウスを動かすと、スリープが解除された。データを削除するほどの余裕はなかったらしく、様々なファイルが残っていた。解析すれば松金組の資金源を含め、情報を得られるのではないか。

逮捕された者が次々と連れ出されていき、違法カジノの騒乱はおさまりつつあった。

21

「急襲かけましたよ」

熊澤から自信満々の電話報告があったのは、彼と会ってから三日後の夜だった。

大神は聞き返した。

「賭場に踏み込んだんですか？」

「ええ。大わらわでしたが、全員、引っ張りました。胴元の松金組組員も三人」

「肩書き持ちは？」

「……残念ながら」

大神は落胆のため息を漏らした。

「まあ、賭場で須賀を逮捕できるとは思っていませんでしたが……プレッシャーにはなったでしょう」

「間違いなく」

「それにしても、よく警察が動いてくれましたね。昨日の今日で、賭場を突き止めてもうほとんど即日でしょう？」

「大神さんが襲撃された話をさせてもらいました。現職の高検の検察官に手を出したんです。警察としても黙認はできないでしょう。沽券《こけん》に関わりますから。抑止力ってのは、相手の攻撃に対して一切反撃しなければ、存在しないも同然ですからね。松金組が警察を恐れなくなったら、均衡が崩れます」

決して殴られ損だったわけではない、ということか。

何にせよ、松金組は貴重な資金源を潰され、怒り心頭だろう。追い詰める好機だ。

「ところで――」熊澤が言った。「賭場の証拠物を押収したんですが、その中に気になるものがありまして」

「何ですか、思わせぶりに」

「……大神さんにお見せしたいと思うんですが、これからお時間ありますか」

「もちろん。前回の居酒屋ですか？」

「いえ。車で迎えに行きます」

「分かりました」

大神は自宅マンションの住所を伝え、電話を切った。熊澤が現れたのは二十分後だった。

セダンの覆面パトカーだ。

大神は助手席に乗り込んだ。熊澤がアクセルを踏み、発車させた。特に目的もなく十分ばかり走行し、住宅地の片隅に停車する。街灯の仄明かりが窓から射し込んでくる。

熊澤は前方を睨みつけ、しばし間を置いた。ふう、と息を吐き、小型のノートパソコンを取り出した。開いてダッシュボードの上に載せる。

「これです」

彼が指でカーソルを動かし、動画プレイヤーの再生ボタンを押した。途中から動画がはじまる。

薄暗いコンクリートの廊下とエレベーターの扉が映っている。サラリーマン風の男がボタンを押し、乗り込んだ。

「松金組の賭場です。このエレベーターは地下にしか下りないので、乗ったら賭場へ一直線です」

「今の男性は客の一人――ということですね」

「はい。ちなみにこの監視カメラのデータは一年三ヵ月前です。そのまま続きをどうぞ」

大神はうなずき、映像を見続けた。すると、しばらくしてエレベーターが動く音がし、扉が開いた。うなだれた顔で降りてきたのは――生前の水島看護師だった。

大神は自分が見ている映像の意味が分からず、しばし言葉を失った。

「これは一体――」

大神は当惑しながら熊澤の顔を見た。

「……分かりません。ただ、事実です」

水島看護師は松金組の賭場に出入りしていた――。

この事実は何を意味しているのだろう。水島看護師が松金組組長を病院で殺害したとされる日にちより、二週間以上前に松金組の賭場に出入りしている。

単なる偶然なのか？

松金組の賭場と知らず、たまたま賭け事に興じただけなのか。それとも――。

「他にも水島さんが映っている動画はあるんですか？」

訊くと、熊澤は神妙な顔つきでうなずいた。

「確認できただけで、十回以上、出入りしています」

「十回も……」

「帳簿も押収しました。そこには客の借金額が記載されていたんですが、水島さんの名前もあり、金額は八百万でした」

思い返してみると、水島看護師は貯金もなく、生活が困窮していたという。だからこそ、病院で財布を盗む動機の裏付けになった。給料の額も決して低くはなく、家賃も安かったにもかかわらず、なぜ金に困っていたのか。その理由が今、分かった。

松金組の賭場で八百万の借金を作り、おそらく厳しい取り立てに遭っていただろう水島看護師が、自分の勤める病院に入院中だった松金組組長を殺害した――。

事件そのものの構図が変わってくるのではないか。

大神は、停止中の画面に映る水島看護師の顔を見つめ続けた。

22

復讐――。

頭の中に渦巻いている二文字だ。

水島看護師は、松金組の賭場で八百万もの借金を作っている。反社会勢力の取り立ては苛烈だっただろう。人生は間違いなくどん底だ。

そこまで追い詰められたとき、自分が勤める病院に松金組組長が入院していることを知った。どうせもう未来がないなら――と自暴自棄になり、恨みで殺害に至った。

それが真相なのか。

そうだとしたら、法廷の誰もが見破れず、見事に欺かれていたことになる。

水島看護師は無実ではなかった。罪を犯していた。財布の窃盗を見咎められての衝動的な殺人ではなく、患者を救う看護師という立場でありながら明確な殺意と共に殺害した――。より罪が重い。

大神は所轄署に足を運び、取調室の隣室に入った。賭場で逮捕した組員を熊澤が取り調べることになっている。

追及するのは、微罪の賭博罪ではなく、水島看護師の件だ。熊澤にはそう伝えてある。

マジックミラーごしに見る取調室には、熊澤と松金組組員がスチール製の机を挟んで睨み合っていた。

「――客の話だ」

熊澤は机に写真を叩きつけた。水島看護師が写っているのが見て取れた。

組員は写真に視線を落とし、すぐ熊澤に目を向けた。

「いちいち覚えてねえよ」

「帳簿を見たぞ。水島の八百万の借金は、客の中でもトップの金額だ。知らないわけねえだろ」熊澤は人差し指で水島の写真を突っついた。「他の客たちの借金額は二十万以下だ。後は――数人が八十万程度。そんな中で八百万は異常だろ」

「……博打《ばくち》狂いの奴がいたな、そういや」

「濁すなよ、今さら。しっかり覚えてんだろ」

組員は舌打ちし、眉を歪めた。

「どうやったら八百万も負けられるんだ？」

「……博打の才能がねえ奴がのめり込んで、熱くなって、負けるたびに意地になって、転落の一途。よくある話さ」

「それで八百万も負けるなんて与太話、信じろってのか？」

組員は視線を逃がし、黙り込んだ。

「一体どうやったらそんな大負けが可能なんだ？　教えてくれよ」

「……カモにされてることに気づかねえ間抜けがどツボに嵌まんだよ」

熊澤は身を乗り出し、組員を下から睨み上げた。口元に挑発的な笑みが刻まれる。

「聞き流してやれねえ話だな。組を潰す口実をありがとよ」

「は？」

組員の顔に動揺が滲み出る。

「十万、二十万のお遊びなら、必要悪として目こぼししてやれても、客に八百万もの借金背負わせて、破滅に追い込んでるとなりゃ、必要悪じゃなく、害悪だ。放置はできねえだろ」

「ま、待てよ」

「ライン、越えちまってるよなあ、どう考えても」

「それは――」

「実質的なトップの須賀と、しのぎ担当の滑川。こりゃ、二人も責任を免れんな」

「滑川さんは関係ねえ！」組員は唾を飛ばしながら声を荒らげた。「若頭《カシラ》も」

「そりゃお前が決めることじゃねえよ」

組員は歯軋りしながら、鼻息を荒くした。

大神はふと気づいたことがあり、スマートフォンを操作した。熊澤の名前を選択する。

取調室の熊澤が自身の胸元を見てピクッと反応した。スマートフォンを取り出し、確認する。

「……ちょっと待ってろ」

熊澤は組員に人差し指を突きつけ、取調室を出て行った。隣室のドアが開き、彼が入ってくる。

「どうしました、大神さん」

メールで彼を呼んだ。

「若頭補佐の滑川」大神は言った。「その名前が出たときの反応が気になりました」

「反応――ですか」

「須賀と滑川の名前が同時に出たのに、真っ先に庇ったのは滑川です。普通は若頭が先ではありませんか」

熊澤は考える顔をした。

「言われてみれば、先に滑川の名前が出ましたね。奴は滑川派、ということでしょう」

「若頭と若頭補佐で派閥があるんですか?」

「組織ならどこも一枚岩ではないでしょう。冷静沈着で売っているインテリヤクザの滑川も、野心は抱えていますからね。須賀が組のトップに就けば、若頭に昇格する立場ですが、須賀と年齢がほとんど変わらない以上、そこで頭打ちです。抗争でも起きて須賀が弾かれないかぎり、トップの座には就けません」

「ヤクザも――いや、ヤクザだからこそ、人一倍権力を欲するわけですね」

「滑川が穏健派を装ってるのは、警察への媚《こび》でもあるんです。自分がトップならお上とも共存できるぞ、って。警察も、ややこしい事態を招く人間を組のトップに就かせたくはないですからね。警察を敵に回したら潰される、と考えているんでしょう」

大神はマジックミラーの向こう側にいる組員を見つめた。机の上で落ち着かなげに指を蠢かせている。

「彼が滑川派なら、そっちから揺さぶると、落とせるかもしれません。それを伝えたくてメールを」

熊澤はにやりと笑ってみせると、取調室に戻った。組員は彼を睨み返した。

「退屈させせんじゃねえよ。待ちくたびれて眠っちまうところだ」

「強がんなよ」熊澤は椅子を引き、腰を下ろした。親指でマジックミラーを差した。

「焦りは丸見えだったぜ」

「焦ってねえよ！」

「ま、本命はお前のような下っ端じゃねえ。滑川だ」

「何で滑川さんなんだよ！」

熊澤は自分のこめかみを指先で突いた。

「オツム使えよ。一般市民に八百万もの借金を背負わせる賭場を経営してたんだから、しのぎの担当に責任があるだろうが」

「あ、あれは――」

「ラインを見極めていた滑川も、こればっかりはやっちまったな。お前がだんまりを続けても、証拠は挙がってんだ。令状《フダ》は充分取れる」

組員の額に汗が滲んでいた。

「水島が賭場に出入りして借金まで作ってるって知って、腑に落ちたよ」

「何がだよ」

「無罪判決が出たってのに、躊躇なく一般市民を弾きやがって。ずいぶん警察に喧嘩を売ったもんだな、って思ったんだよ。無実の人間かもしれない、なんて想像もしてねえ。松金組は水島の動機に心当たりがあったから、組長《オヤジ》殺しの犯人だって確信してたんだろ。借金漬けにしたから逆恨みされたんだ、ってな」

「違う！」

組員は机を叩いた。

「何が違う？　事実は一つしかねえ」

「あれはカシラが――」

組員は何かを口走りそうになり、慌てて唇を結んだ。当然、熊澤は聞き逃さなかった。

「須賀が何だ？」

「あ、いや、それは――」

組員が言いよどむ。

「黙秘、上等上等。代わりに滑川に喋《うた》ってもらうか」

「滑川さんに迷惑かけたら許さねえぞ。本当なら組のトップに立ってた人なんだ」

「ほざいてろ、ほざいてろ。お前の失言が逮捕の根拠になったって聞かされたら、滑川もさぞ腹を立ててるだろうな」

「お、俺は何も言ってねえだろ！」

「弁解は直接滑川にしろや。揃って塀の中に入ったら、話す機会もあるだろうぜ」

「卑怯だぞ！」

「ヤクザの言葉じゃねえだろ、おい。一般人に八百万もの借金を背負わせやがって」

組員は歯を嚙み締めるようにしながら、言葉を絞り出した。

「……あれはカシラの命令だったんだ」

「ほう？」

「あいつを沈めろ、って。だからディーラーに命じて、高レートに引き上げて、どんどん負けさせたんだ」

「須賀が他の客を沈めさせたことは？」

「……ない」

大神はマジックミラーごしに眺めながら、衝撃の余韻が引くのを待った。

須賀が意図的に水島看護師を借金漬けに陥れた？　それは何を意味しているのか。得た情報を統合すると、見えてくるものがあった。この推測が的中しているとしたら――。

23

黒雲が垂れ込める夜空には、満月が浮かんでいた。

――ついに全ての決着がつく。

大神は自分のマンションに向かって住宅街を歩いていた。建物が見えてきたとき、車の走行音が近づいてきて、真横に黒塗りの車が停車した。

立ち止まって車に目を向けると、スモークガラスのウインドーがゆっくりと下がった。

大神は警戒し、身構えた。

ウインドーが半分下がったところで止まった。後部座席の奥には、薄暗い中、須賀銀二の顔があった。

助手席のドアが開き、厳めしい相貌の組員が降り立った。グレーのストライプのスーツを着ている。

「お付き合い願えますか、検事さん」

大神は彼を睨み返した。

「……断ったらどうします？」

組員はピクッと眉を反応させた。

「カシラの命令です。従ってもらいます」

組員はスーツのポケットに手を突っ込み、内側から突き出した。盛り上がり方で拳銃を隠し持っていることが分かった。

額に冷たい汗が滲み出る。

大神は唾を飲み下した。さりげなく左右に視線を走らせるも、人通りはなく、通りの先に街灯の白い仄明かりが浮かんでいるだけだった。

賭場潰しで虎の尾を踏んだ――ということか。

どうするつもりなのか。

大神は覚悟を決め、うなずいた。組員が後部座席のドアを開ける。須賀銀二は大神に一瞥を寄越しただけで、すぐ前方を睨みつけた。唇は固く結ばれている。

黙ったまま車に乗り込んだ。須賀銀二と隣り合って座ると、組員が助手席に戻り、発車した。

窓の外で夜景が後方へ流れていく。気がつくと、後ろから数台の車がついてきていた。

——手下連れか。

大神は横目で須賀銀二を見やった。心臓の高鳴りを悟られないよう、努めて平静に訊いた。

「一体どこへ案内してくれるんです？」

須賀銀二は表情を変えず、瞳も前方に据えたままだった。低く抑えた声で口を開く。

「黙って座ってろよ」

大神は下唇を噛むと、前に向き直った。

あっという間にビル街が遠のいていく。車が向かったのは——都心から離れた場所の、閑散とした貸倉庫の集結地だった。組員がシャッターを開けると、車が中に吸い込まれていく。

「降りろ」

須賀銀二がドスの利いた声で言った。

大神はドアを開けると、降りて倉庫内を見回した。

裸電球が仄明かりで照らす中、山積みの段ボール箱を背景に三台の車が停まっている。組員が続々とドアを開け――若頭補佐の滑川もいた――、最後に須賀銀二が降り立った。

大神は面々を見た。

「……検察官を拉致《らち》って、ただで済むとでも？」

須賀銀二は答えず、懐から煙草を取り出した。咥えると、組員がすぐさま駆け寄って火を点けた。一服し、紫煙を吐く。

「そりゃこっちの台詞だ」声には御しがたい怒気が表れていた。「賭場にまで手を出しやがって」

「……ガサ入れしたのは警察ですよ」

「裏で手を引いてたのはてめえだろ」

「違法行為を取り締まった。それだけでしょう」

「最初《ハナ》っから狙いは俺の首だろ」

「水島看護師の命を奪った罪は、償ってもらいます」

「……辻本の逮捕で決着《ケリ》だろ」

「実行犯はあくまで実行犯です。それで決着というわけにはいきません」

須賀銀二の口元がヒクついた。

「共同正犯で逮捕状はすぐに出ますよ。時間の問題です」

「……踏み越えやがったな」

須賀銀二は歯軋りすると、懐に手を差し入れた。そして——抜き出したときには拳銃《トカレフ》が握られていた。銃口が額に向けられる。

大神は目を剝き、立ちすくんだ。

検察官に拳銃を突きつけているにもかかわらず、周りの組員たちに動揺はない。想定内の状況なのだとしたら、元より生かして帰すつもりがなかったのかもしれない。

「てめえが港に浮かんでも、刑務所《ムショ》に入んのは俺じゃねえ」

本気——か。

危機感に駆り立てられた。一歩後ずさり、後ろを確認する。段ボールの山に追い詰められていた。

逃げ場はなかった。

「カシラ」滑川が言った。「マズイですよ。公権力に手を出したらうちは——」

「うるせえ！　てめえは口出すんじゃねえ！」

須賀銀二は彼を一瞥することもなく、一喝で黙らせた。唾が飛び散る。

「言い残すことはあるか、え？」

大神は緊張と共に細長く息を吐き出した。

殺されないためには、口を動かせ。法廷と同じだ。今までは検察官として被告人を攻め立てていたが、今は弁護士になる必要がある。自身の死刑を回避するために。

この場で須賀銀二を制止できる可能性があるのは、若頭補佐の滑川だけだ。だが、現状では立場が下で、逆らえない。

それならば――。

滑川の発言権を高めるしかない。

「水島看護師の死の真相を話しましょう」大神は覚悟を決めて口を開いた。「彼は鉄砲玉に仕立て上げられたんです」

須賀銀二の目玉が大きくなった。引き金に指を掛けようとする気配があった。

大神は先手を取った。

「私を殺せば真相は闇の中ですよ！」

法の外側で生きている連中に、法で立ち向かう――。自分の命を懸けて。

滑川が落ち着いた声で聞き返した。

「何の話ですか？」

「松金組の関知していない謀殺——。私に喋らせなかった人間が謀殺の絵を描いた人間です」

須賀銀二は引き金を引くべきか迷っているようだった。人差し指が痙攣しているのが見て取れる。

「今、一番私の口を封じたい人物——」大神は銃口を見据えた。「それは誰でしょうね」

人差し指は引き金にかからない。

大神は続けた。

「私は鉄砲玉は辻本だと思っていました。もちろん、それは事実です。実際に引き金を引き、水島看護師を射殺したことに疑いはありません。しかし、そもそもの発端は別の部分にありました」

大神は滑川を一瞥した。

「水島看護師も鉄砲玉だったんです」

滑川が顔を顰めた。

「……何を言っているんです?」

——水島看護師は被害者すぎるほど被害者だった。

「全ては松金組の中の後継者争いです。内部抗争と言っても過言ではありません」

組員の数人が顔を見合わせた。

「はじまりは、松金組長の病の発覚です。彼が入院し、命が長くないと分かったとき、当然、誰が組長を襲名するか問題になります」

「俺だ」須賀銀二が言い放った。「カシラの俺が組長になる。当然だろ」

「……松金組長の思惑は違ったんです」大神は滑川を見た。「穏健派である彼を後継者に考えていたんです。あなたはそれを知っていた。このままでは組長の座を失ってしまう」

滑川の表情に変化はなかった。自分が組長の座に手をかけていたことを知っているのかもしれない。

「戯言だ」

須賀銀二が引き金に人差し指をかけた。

心臓が跳ね上がり、喉が干上がる。

「カシラ！」

滑川が進み出て、銃身を押さえた。銃口が数センチ下がる。だが、まだ胸のど真ん中に据えられていた。

須賀銀二が滑川をねめつける。

「邪魔すんのか、てめえ」

「……殺《や》るなら、話を聞いてからでも遅くないでしょう。それとも話させたら困る理由でも？」

「誰に口利いてんだ、てめえ！」

二人が睨み合った。動揺を見せているのは周りの組員たちだ。

大神は深呼吸した。

「そう、死刑判決には早すぎます。続きを話しましょう」

二人の目が大神に注がれた。

「松金組長が意思表示をする前に何とかしなければ――。焦ったあなたはそう考えた。しかし、任侠の世界で親殺しはタブー中のタブーです」

滑川は、まさか、と信じられない顔で須賀銀二を見た。

「松金組長を手にかければ、組の中で求心力を失うことは必至。そこで鉄砲玉として目をつけられたのが水島さんです。説明は不要でしょう。松金組長が入院中の病院で働く看護師です」

組員たちのあいだに声なきどよめきが広がった。頭の中に棲みついた疑念が眼差しに表れないよう意識しているのか、一様に複雑な表情になっていた。

「もちろん、脅されて殺人に手を染める人間は少ないでしょう。人の命を救う現場で働いている立場の人間ならなおさらです。そこで、あなたはまず水島看護師を松金組の賭場に誘い込みました。通りかかった彼に声をかけて、半ば強引に引きずり込んだのか。最初は適当に勝たせたでしょう。そしていい気分にさせてから負けさせ、一発逆転を狙った高レートに落とし込む。典型的な手です」

　須賀銀二は鼻から息を抜いた。

「八百万もの借金を背負わせたことは、賭場のガサ入れで押収した帳簿で判明しています。八百万！　八百万です」大神は人差し指を立てた。「それほどの借金を数日で背負った一般市民の絶望は、想像に難くありません。しかも、相手はヤクザです」

　賭場を管理していた滑川ならば、情報は得ているかもしれない。信憑性を感じるのではないか。

　大神は須賀銀二を見据えたまま続けた。

「あなたは組員を使って追い込みをかけ、徹底的に追い詰めたでしょう。返済できない借金が雪だるま式に増えていき、自己破産も不可能なら……。ヤクザに法は無関係ですからね。自己破産しても追い込みをかけると脅されたら、残された手段は自殺しかありません。そこで松金組長の殺害をそそのかしたんです。『人を一人殺したら、チャラにしてやるぞ』というところでしょうか」

「適当こくんじゃねえ！」

須賀銀二は怒声を上げた。だが、銃口は滑川が持ち上げさせなかった。

「自分が死ぬか、入院中の松金組長を殺すか。二者択一です。水島看護師は結局、殺害を選択します。彼は人目を忍んで松金組長の顔に枕を押しつけ、窒息死させました」

倉庫に一時、静寂が広がった。

「あなたには、表向きは何の動機もない看護師が捜査線上には浮上しない、という計算もあったかもしれませんが、実際は目撃者もあり、逮捕されます」

須賀銀二の歯軋りの音が聞こえてきそうだ。

「あなたはずいぶん焦ったでしょうね。水島看護師が追及されて、真実を自白してしまったらおしまいです。親殺し――。もう極道の世界にはいられません。口をつぐむよう脅しをかけるにしても、相手は留置場の中です」

「出鱈目抜かすな！」

「まあ、あなたが脅すまでもなく、水島看護師は本当の犯行動機を伏せていましたが。

喋ったら殺される——。その一念だったんでしょう」

「カシラ……」

須賀銀二を睨む滑川の目には、冷たい殺意が籠っていた。

「松金組は、企業舎弟を使って嘉瀬裁判官に金銭を振り込みました。それは水島看護師の無罪を要求する賄賂です。外に出た水島看護師を口封じするための」

水島看護師殺害の真相は、松金組長の仇討ちではなかった。口封じだった。彼は——犠牲者だ。松金組の後継者騒動の。

須賀銀二は鼻から猛牛のような息を吐き、憤激の形相で銃口を持ち上げた。滑川の制止も無駄だった。

「てめえ！」

発砲音が炸裂し、倉庫内に反響した。

大神は反射的に背けた顔を戻した。目を剝いた須賀銀二の胸に血の花が咲いていた。白いスーツだから朱が目立った。拳銃を握り締めているのは、髭面《ひげづら》の組員だ。誰もが唖然として彼を見つめる中、滑川だけが平然としている。

須賀銀二がうめきながら仰向けに倒れた。大の字になり、光がない瞳が天井の裸電球を睨みつけている。

衝撃の余韻が抜けきらず、大神は言葉を失った。目の前で若頭が射殺されたのだ。

組員たちには動揺が広がっていた。髭面の組員と須賀銀二の死体を交互に見ている。

「ガタつくんじゃねえ!」

滑川が一喝した。穏健派といえども、長年若頭補佐の地位に立っているだけはあり、貫禄は充分だった。

「カシラだからって、親殺しが免罪されるわけじゃねえ! 恒吉《つねよし》はすべきことをした」

滑川の目が大神に滑ってきた。

次は自分が――。

大神は髭面の組員の拳銃から目を引き剝がせなかった。だが、彼は黙って銃身を下ろした。

滑川がまたインテリの仮面を被った。

「ご安心を。恒吉はお勤めに行かせます。こいつは親殺しが赦せなかったんです」

「……えらく素直ですね」

「検事さんの前で殺しをしちゃ、罪は免れないでしょう?」

滑川は同意を求めるように言った。

彼の余裕を目の当たりにし、大神は悟った。

滑川は須賀銀二による組長の謀殺を疑っていたのではないか。だからこそ、自分の派閥の人間に敵討ちを言い含めていた――。

そうでなければ、謀殺の証拠もなく若頭を射殺するはずがない。謀殺の首謀者の謀殺――。

おそらく、他の組員たちも裏で滑川の指示があったと悟っている。

大神は慎重にスマートフォンを取り出した。

「通報――しますよ」

滑川は唇の片端を緩めた。

「どうぞ。止めません。あなたは事実を証明してくれる、信頼できる証人ですからね」

全ては組を守るため――か。

計算高さと冷静さに感心した。

場に居合わせた検察官まで殺害してしまったら――その遺体を隠蔽《いんぺい》したとしても、いずれ発覚する可能性は高い――、警察も検察も本気になる。松金組の壊滅は必至。

滑川の命令も疑われるだろう。そうなれば、自身も逮捕される。それよりは、生かして帰し、目撃証人になってもらったほうが利がある、と考えたのだ。組員が若頭を殺したただけならば、組内部のゴタゴタとしておさまる。警察としても、松金組と全面戦争をするよりは、穏健派の滑川がトップになり、秩序と平和が保たれているほうがいいはずだ。たとえそれが仮初《かりそめ》のものだとしても。

グレーゾーン。法の狭間――。

須賀銀二を黙認しなかった自分が、今、滑川を黙認しようとしている。

法を厳格に適用することが人を救うとはかぎらない。一筋縄ではいかない問題だ。

大神はスマートフォンで一一〇番した。事情を伝えると、数分でパトカーのサイレンが聞こえてきた。

倉庫の前に到着した車両から警察官たちが降り立った。騒然とする中、熊澤が「大丈夫ですか」と駆け寄ってきた。

大神はうなずいた。

「私は――大丈夫です」

大神は熊澤に改めて事情を説明した。

警察官は、拳銃を握り締めている組員に手錠を嵌めている。彼は抵抗をしなかった。

熊澤が滑川を睨みつけた。

「署で話を聞かせてもらおうか」

滑川は余裕の薄笑みを崩さなかった。

「私は無実ですよ。これは親殺しのケジメです。弾いた恒吉も罪は認めています」

松金組の次期組長は滑川――か。彼は腹の中で須賀銀二を排除できる機会を待ち望んでいたはずだ。

そう考えたとき、ふと思い至った。

大神は、滑川の背中に話しかけた。

「念願のトップの座が巡ってきましたね」

滑川が振り返った。

「……須賀のカシラが死んだ以上、若頭補佐の私が跡目を継ぐのは必然で、それは結果論ですよ」

「あなたの心に野心の火がなかったとは言わせませんよ」

「勘繰りすぎです。オヤジを謀殺しなければ、須賀のカシラが跡目を継ぎ、私はその参謀として組を守っていったでしょう。それが私の望みでした」

「……だったらなぜ辻本を破門したんです？」

「は？」

「私たちが訪ねてきたとき、辻本は破門した、と言いましたね」

「何か問題が？　辻本は独断で一般人を弾いたんです。組には置いておけないでしょう」

「一見もっともらしい理由ですね。しかし、須賀は寝耳に水だったようですが？　あなたが破門の件を口にしたとき、須賀は、勝手なことをしたあなたを怒鳴りましたね」

「須賀のカシラは組員想いですから。暴走した組員でも見捨てたくなかったんでしょう。しかし、私は現実的な判断をしました。組を守るためには仕方がなかったんです。誰かが泥を被って、嫌われ役を買って出なければいけない。それだけです」

「どうでしょうか。私はそこに意図があったと思っています」

「意図？」

「間接的に須賀の失脚を狙ったんです」

「何を馬鹿な」

「須賀の命令で辻本が鉄砲玉になったことは明確です。当然、組として見捨てるはずがありません。辻本自身、組を信じていたからこそ、懲役に行く覚悟も決めた。それなのに破門されたと知ったらどう思うでしょう。裏切られた――。そう考えます。組のために人を殺《あや》めたのに、組に見捨てられた、と。若頭の意思を無視して若頭補佐が破門にしたとは想像もしないでしょう。留置場の外の様子が分からない辻本は、須賀に破門されたと考える」

滑川の細目が一瞬だけ開いた。

「心の拠《よ》り所を失った辻本は、警察の追及に耐えられるか。破門の事実を知らされたら、須賀の命令だったことを吐くかもしれない。そうなれば、須賀は逮捕され、あなたが次期組長です」

松金組長が生きていれば、滑川は組長の座に就けるはずだった。だが、意思表示をする前に殺されてしまった。このままでは若頭の須賀が自動的に組長になる。滑川にとってみれば、手中に収めていた組長の座が手の中をすり抜けていった形となる。

だからこそ、辻本を破門することで須賀の逮捕を後押しした。

滑川としては、検察官と警察官の前で『辻本を破門した』と伝えるだけでいい。納得していない須賀も、辻本の暴走だと言い張っている以上、その処罰と言われたら強く否定できない。

結局、破門は既成事実となった。辻本が須賀銀二を売らなかったため、策謀は空振りに終わったが、それで諦めてはいなかった。滑川は組長殺しに裏がある可能性を疑っていただろう。そして、今、確信を得たからゴーサインを出したのだ。

「違いますか?」

大神は滑川に訊いた。

「司法の負けです。現行法で私は裁けませんよ」

滑川が不敵な微笑を唇に刻んだ。

法律の限界——か。

法も万能ではない。全ての真犯人を——黒幕を裁けるわけではない。

法とは一体何なのか。

大神はむなしさを感じた。

だが、決して負けではない。そう信じている。大事なのは、水島看護師殺害の真相を突き止めたことだ。命が返らない以上、これで彼に報いたわけではないが、それでも意味はあった。そう信じている。

そうでなければ——司法の敗北だ。

気がつくと、闇夜から涙のような小雨が降りはじめていた。

法雨——。

仏法のそんな言葉をふと思い出した。

雨が万物を潤すように、仏法が衆生を救うことのたとえだ。救いの雨でもある。

では、司法は一体誰を救うのか。人々を――我々を救うものとして育っていってほしいと切に願う。

24

大神は老人ホームの個室で嘉瀬と向き合っていた。

嘉瀬は窓際で肘掛椅子に座っていた。大神は隅っこに置かれていた丸椅子を引っ張り出し、腰を下ろした。

「大神君――だったか。法廷以来だな」

「……いえ、最近もお会いしています。ここで。覚えてらっしゃいませんか？」

嘉瀬は眉を顰めた。

「何を話した？　話した内容を聞けば、記憶が蘇るかもしれん」

大神はうなずくと、水島看護師の無罪判決の話で互いの考えや主義主張をぶつけ合ったことを語った。

嘉瀬は渋面のまま黙って耳を傾けていた。やがて、低く抑えた声で言った。

「覚えているよ。たしかに話し合った」

「はい」大神は慎重に切り出した。「無罪判決を受けた水島看護師の事件の真相が判明しました」

須賀に叩きつけた推測を改めて語る。

「――水島看護師は実際に殺人を犯していました。しかし、それはヤクザに強要されて他に選択肢がなかったからです」

嘉瀬は目を伏せ、細長く息を吐き出した。

「……そうか」

部屋に沈黙が降りてくる。微風が吹き込み、カーテンが膨らんでは元に戻る。

「私は――」嘉瀬はゆっくりと口を開いた。「誤ったと思うか？」

水島看護師の逆転無罪判決――。

「いえ」

正直な答えだった。

財布の窃盗を見咎められての衝動的な殺人――という水島看護師の証言には、いくつも不自然さがあった。裁判官である嘉瀬はその部分を重要視し、無罪判決を出した。実際に殺人を犯していた、という意味では、無罪判決は誤判と言えなくもないが、動機の部分を含む真相に重大な誤りがあった。必ずしも誤判だったとは言えない。

本来ならば、もっと高度な法解釈を必要とする事件だった。ヤクザに脅迫され、人を殺さねば自分が殺される、という究極の選択は、緊急避難の解釈にも関わってくる。現実的には、相手を殺す前に警察に助けを求められたかどうか、など、他の手段を選択できるにもかかわらず殺人を選んでいる時点で、緊急避難の適用はきわめて難しいだろうが。

何にせよ、真相が分かってみれば、強盗殺人に近い殺人罪の適用は、不適切だ。嘉瀬の判決は正しくはなかったが、間違いでもない。結局、捜査した警察と起訴した検察の勇み足だ。事件の不自然さに気づき、水島看護師の自白そのものを疑うべきだった。そうすれば、真相に迫ることができただろう。

大神はそう語った。

嘉瀬は話を嚙み締めるように黙り込んでいた。床に落ちていた視線が持ち上がる。

「……真実を知ることができて、よかった」

大神は深呼吸した。

「今日、伺ったのは、実はこの話ではないんです」

「ほう？」

嘉瀬は警戒するように目を細めた。

「あなたが受け取った賄賂の件です」

嘉瀬の顔から表情がスーッと消えた。

これは藤本弁護士から得た情報で、彼の守秘義務にも関わっている。口にしてはいけない話だ。だが、今は状況が違った。

「松金組若頭の須賀が匂わせたんです。あなたへの賄賂を」

実際は逆だ。藤本弁護士の情報で嘉瀬への振り込みを知ったからこそ、その件を須賀にぶつけることができた。詭弁《きべん》ではあるが、藤本弁護士に迷惑はかからないだろう。

「特定の会社から複数回にわたって金銭の振り込みがあったのでは？」

嘉瀬は無言のままだった。

「記憶にありませんか？」

重ねて問うと、嘉瀬は大きく胸を上下させた。瞳には思慮深い光が宿っていた。

「記憶の曖昧さを理由にして言い逃れする気はないよ。それは覚えている。私の口座には――たしかに金銭の振り込みがあった」

認めるとは思わなかった。それは嘉瀬の潔さだろうか。それとも諦念か。

「百万円が三回。一週間おきに振り込まれていた。しばらく通帳を確認していなかったから、振り込みに気づいたのは、三度目の入金後だった。身に覚えがない会社からだった」

「松金組の企業舎弟です」

「正直に言うが、私は暴力団の息がかかった会社とは知らなかった。心当たりもない一方的な入金だった」

「相手から要求があったはずです」

「……公衆電話から匿名の連絡があった。男の声だった。ハンカチで口を覆っているような、くぐもった声だ」

「要求は水島看護師の無罪判決ですね？　松金組は彼を口封じするため、外に出したかったんです」

「口封じ――か」

「そうです。松金組はそのために三百万を振り込んだ。明確な賄賂です」

「……君は勘違いしている。口座に振り込まれた金銭は、賄賂ではなく、脅迫の材料だったんだよ」

「脅迫？」

「考えてもみたまえ。三百万程度の賄賂で、裁判官が法に誓った良心を捨てると思うかね」

「それは――」

「だからこその脅迫だよ。従わなければ、裁判官が賄賂を受け取って判決を歪めていると告発する、と脅された。よくない状況だと思った。当時の私は週刊誌に叩かれ、新聞やテレビで批判され、世間の怒りを一身に受けていた。そんな問題の判事が怪しい大金を受け取っていた事実が判明すれば、一体誰が信じてくれる？　現実に金銭が振り込まれている以上、私の潔白を証明する手段はない」

「……だからあなたは従った。相手の要求どおり、水島看護師に無罪判決を出したんです」

「いや、私は従わなかった」

「もちろん内心の問題ですから、証明はできません。『金銭の振り込みはあった。しかし、それとは関係なく、良心に従って無罪判決を出した』と言われたら、私にそれを否定することはできません」

嘉瀬はふっと鼻から息を抜き、微笑を浮かべた。

「そういう意味ではないよ、大神君」

大神は首を傾げた。

「相手の要求は逆だったんだよ。相手は有罪判決を要求した」

大神は「は？」と声を漏らした。「有罪判決——？」

嘉瀬の眼差しに揺らぎは全くなかった。

「水島看護師を有罪にしろ、と言われた。もし無罪にしたら、賄賂を受け取っている悪徳裁判官として人生を終わらせてやる、と」

なぜ？

松金組は無罪ではなく有罪を要求した——？

口封じするために無罪判決を望んだのではないのか。何のために有罪判決を望んだのか。

——そうか。

須賀は、水島看護師がそのまま沈黙する確信があったのだ。脅迫されて殺人に手を染めた、と暴露する気なら、取り調べ段階でしていただろう。しかし、水島看護師は真実を一切語らなかった。彼にとって松金組は警察よりも怖かったのだろう。彼は第一審で有罪判決を受けてなお沈黙を貫いた。彼は真実を隠したままで無罪判決を勝ち取ろうとしたのだ。まさか、無罪で社会に戻ったとたん、口封じされるとは思いもせず——。

水島看護師は松金組の脅威にはならない。

では、何を危険視したのか。

水島看護師の犯行に疑問符がつき、無罪判決が出たら、警察が事件を洗い直すかもしれない。

水島看護師が無実ならば、他に真犯人がいる、ということだ。

警察の勇み足で水島看護師の自供の裏を取らず、送検した。検察も警察の捜査を信じ、起訴した。第二審で不合理とされた水島看護師の動機部分を調べれば、松金組の賭場で作った借金の事実を突き止めるかもしれない。

須賀はそれを危惧した。

だから、逆転無罪判決だけは阻止せねばならなかった。

「それにしても、裁判官に有罪を要求する意味なんて——」

疑問と同時に答えに思い至った。

〝無罪病判事〟——。

嘉瀬は〝無罪病判事〟と批判されるほど無罪を乱発していた。滅多に出ない無罪判決を警戒する理由は充分にあった。

嘉瀬は自嘲の苦笑いを漏らした。

「私は振り込まれた金をどうするか、思い悩んでいた。当然、家族には相談できない。そんなときだよ、私が倒れたのは。正直、今、君から話を聞くまで、入金の話は忘れていた。君は私を信じてくれるか？」

大神は嘉瀬の目を見返した。

「……信じます」

法律家としては正しくないと分かっている。だが、本当の正しさを考え続けてきた嘉瀬の言葉を信じている自分がいた。

嘉瀬は金で判決を売ったりはしていなかったのだ。

嘉瀬は窓から微風が吹き込む中でほほ笑んだ。

「ありがとう……」

彼の言葉は胸にすっと染み入ってきた。

今回、様々な法と真正面から向き合い、この歳になってようやく理解したことがある。

――法の正義とは何なのか。

今まで、法の正義は唯一無二だと信じていた。だが、そうではなかった。法に関わる者、全員に正義がある。だからこそ、ぶつかる。弁護士も検察官も裁判官も。
そう、自分も、久保山も、嘉瀬も、大勢の弁護士も。

エピローグ

チャイムが鳴ると、嘉瀬幸彦は祖母より先に玄関へ向かった。靴を突っかけ、ドアを開ける。

立っているのは——藤本弁護士と検察官の大神だった。

藤本弁護士から祖母に連絡があったのは、早朝だった。医学部の入学金の件で話があるという。

大神と一緒とは予想外だった。

「どうも……」

幸彦は緊張が滲んだ声で言った。

藤本弁護士と大神が揃って会釈する。

幸彦は二人をリビングに招じ入れた。テーブルを挟んでソファに腰を下ろす。

心臓は高鳴っていた。

入学金振り込みの締切は明日いっぱいだ。今日、藤本弁護士を説得できなかったら夢は終わる。

「入学金引き出しに関してですが……」

藤本弁護士は単刀直入に切り出した。

幸彦は大きく息を吐くと、祖母をちらっと見やり、彼に向き直った。「はい」とうなずく。

「許可します」

幸彦は「え？」と聞き返した。聞き間違いかと思った。また突っぱねられると思っていた。

「どうして急に——？」

純粋な疑問が口をついて出た。

藤本弁護士は人差し指で唇を撫でた。渋面のまま、しばし思案げに沈黙した。

「……ま、率直に言えば、責任の回避です」

「責任の回避？」

「私が引き出しを許可せず、あなたが医学部に入学できなければ、恨まれますからね。医学部に入学できなかった責任を背負わされても困ります」

結局、自分の都合――か。

思いやりのような感情は一切なく、杓子定規で、保身ばかり考えて動いている。反発が頭をもたげてきたが、ぐっと我慢した。何にしても、入学金が引き出せるのだ。

「……ありがとうございます」

幸彦は礼を言った。入学金を払った後も、学費は払っていかねばならないのだ。敵対しても損しかない。

「ただし」藤本弁護士が言った。「前にもお話ししましたが、私が許可したからといって、それで問題がないわけではありません。結局のところ、後で家裁から指摘が入って、返金を求められる可能性があります」

安堵は一瞬で消え去り、緊張がぶり返した。

そういえばそうだった。最終的には家庭裁判所の一存なのだ。それが後見人制度の恐ろしいところだ。入学金を支払った後で返金を求められたら、一体どうすればいいのか。

不安は尽きない。

だが――。

そのときのことはそのとき考えよう。大事なのは、医学部の入学金を下ろす許可が得られたことだ。

土壇場で救われた。

祖母が泣き笑いのような、皺くちゃの顔を向けてきた。

「よかった。本当によかったねえ」

幸彦は力強く「うん!」とうなずいた。

暗澹たる真っ暗闇に覆われていた未来に光が射した。

嘉瀬宅を出ると、大神は藤本弁護士を見た。

「良かったん——ですか?」

藤本弁護士はわずかに首を捻った。

「何がです?」

「……あなたが決して敵ではなかった、と伝えなくて」

藤本弁護士は苦笑いした。

「そんな話、急に聞かされても信じられないでしょう。幸彦君も困惑するだけです」

「今のままだと憎まれ役です」

預金の引き出しを頑なに許可しなかったのは、嘉瀬の口座に不審な入金があったことを知ってしまったからだ。決して融通が利かなかったわけでも、意地悪をしていたわけでもない。

「それで構いません」藤本弁護士の声音は優しかった。「祖父の疑惑など知る必要はないでしょう」

「疑惑は晴れたでしょう？　だからこそ、あなたは引き出しを許可した」

全ては松金組の策謀だった。嘉瀬の口座に金銭が振り込まれたのは事実だが、脅迫の材料にするためだ。嘉瀬は一方的な被害者だ。悪徳裁判官ではなかった。

「そうですね」藤本弁護士はうなずいた。「嘉瀬氏は誠実な裁判官でした。ただ、入金された三百万をどうするか、それはまだこれからの話です。問題は山積みです」

賄賂の三百万円、入学金に対する家裁の判断、返金を命じられたときの今後の学費――。

後見人制度そのものの問題もある。

本当に必要な金も下ろせなくなる不自由な後見人制度は、被後見人の家族を悩ませ、苦しめる。だが、好き勝手に使い放題では、認知能力を失った被後見人の財産を守ることができない。

折り合いはつくのだろうか。

法の改正は？

成年後見制度のこれからの大きな課題だろう。

「何にせよ――」藤本弁護士は言った。「幸彦君の未来が明るいものになるよう、願っています。家裁から物言いがついても、私は可能なかぎり弁護するつもりです」

藤本は弁護士として法を忠実に守りながらも、その中で現状を打破しようと必死で足掻いていたのだ。

それが彼なりの正義であり、矜持だったのだろう。

大神は彼にうなずいてみせた。

藤本弁護士は幸彦の最大の味方になってくれるだろう。

空は晴れ晴れとしていた。

【参考文献】

『認知症の親と「成年後見人」』　永峰英太郎 著　ワニブックス
『成年後見制度の闇』　長谷川学／宮内康二 著　飛鳥新社
『認知症700万人時代の失敗しない「成年後見」の使い方』　鈴木雅人 著　翔泳社

解説

内藤麻里子（文芸ジャーナリスト）

思わず興味をひかれる強いフックを持つエピソードの数々、二転三転する矢継ぎ早の展開、そして一気に景色を変える大団円――。『法の雨』には、下村敦史の魅力がぐっと詰まっている。さらに「人生百年時代」と言われる昨今、取り上げた問題の衝撃度と言ったらなかった。

下村敦史は二〇一四年、『闇に香る嘘』で江戸川乱歩賞を受賞してデビュー。全盲の主人公が兄に抱いた疑惑を追うという設定だけでまず興味がそそられる物語だった。加えて臓器移植と中国残留孤児問題が絡む。引きが強い構成に感服したものだ。しかも今日的テーマを絡めてもいる。その後もこうした創作姿勢を貫いて、多彩な作品をコンスタントに世に送り出している。

警察小説『叛徒』（一五年）、山岳ミステリー『生還者』（同年）、『失踪者』（一六年）、冒険小説『サハラの薔薇』（一七年）、移植手術や動物愛護など命を扱う現場を舞台にした『黙過』（一八年）、大物相場師の遺産をめぐる争いを描いた『絶声』（一九年）など、ジャンルを挙げただけでもその多彩さがわかる。それらをコンスタントに年二、三作（多い時は四作）出す腕力は相当なものだ。

そこで本書『法の雨』である。単行本の刊行は二〇年のこと。

「無罪病判事」と揶揄《やゆ》される東京高等裁判所判事に、一審の有罪判決を覆され、三回も逆転無罪をくらった検事の大神護は、今また四回目の無罪判決に直面する。ところが「被告人は無罪」と言い渡した直後、判事が法廷で倒れてしまう。こんな幕開けから一転、物語は高校三年生の嘉瀬幸彦の話になる。幸彦は早くに両親を亡くし、祖父母に育てられた。医学部を目指し、無事入試で合格を勝ち取ったものの、急に祖母から「入学金が払えなくなった！」という電話が入る。この物語で一体何が起きているのか。あっという間に下村の手の内に入ってしまう。

見せ方がうまいのだ。「無罪病判事」という呼び名からしてキャッチーだ。人物の関係性を伏せたり、明かしたりする順序や、事件の発生を知らせる場面の配置の鮮やかさなどに目を奪われる。それらは読みどころの数々でもあるので、本書を未読の方のために、極力興をそがないように解説できればと思う。

物語は大神と、幸彦の二本柱で進んでいく。四回も逆転無罪の判決を下された検事がどうなるのか、その先行きも気になるが、まずは幸彦の陥《おちい》った状況が極めて今日的な問題を含むので、そちらから紹介したい。

幸彦の祖父は認知症になり、人から勧められて法定後見人をつけることになった。祖母は自分が後見人になろうと家庭裁判所に申し立てたのだが、なんと後見人に決まったのは見ず知らずの弁護士、藤本哲司だった。藤本は被後見人である祖父の財産を守ることを第一義とし、家族であっても生活費すらろくに渡してくれないし、あろうことか祖父の意思を確認できないからと言って、医学部の入学金を出すことを拒否する。

実は「成年後見制度」は、認知症対策として注目されている。今や人生百年時代と言われる中で、これは判断能力を失ってしまう前に「任意後見」をつけるか、判断能力がなくなった後に「法定後見」をつけることによって、生活や財産を守ったり、契約を代わりにしてもらったりする制度だ。今時の終活講座などでよく紹介されている。

任意後見だと、自分で後見人を選べるから家族を指定することもできるし、あらかじめ希望を伝えておくこともできる。けれど、法定後見人になると、なかなか家族の思うようにいかないという実態を白日のもとにさらしたと言える。終活講座では聞けない部分だ。さらに法定後見の闇にまで言及し、万全の制度ではないと痛感した。これは展開のもっと後の方で出てくる部分だが、成年後見制度の落とし穴というか、罠《わな》には愕然《がくぜん》とした。それも含めて制度の全体像は衝撃だった。

そんなこんなで藤本は悪徳弁護士ではないのかと不安が募る。そもそも祖母にこの制度を紹介した人物も怪しい。入学金を払い込む期限までのカウントダウンが始まり、じりじりとした幸彦の焦燥感に手に汗握る。

一方の大神だが、「検察が起訴した事件の有罪率は、九十九・七パーセントに近い」という。だからこそ「三度無罪判決を受けた検察官はクビになる」とまことしやかに囁かれている。出世は諦めたが、四度目の無罪判決をくらった裁判に絡むある事件が起きたことで、大神の様相が変わっていく。

法廷で倒れた裁判官の意識はおぼつかないが、法律の話になると気が確かになる。そこで裁判官と大神の問答が繰り広げられる。裁判官の中立性を誠実に守るからこそ、「無罪病判事」が誕生したことが粛々と語られ、検事として敵対していたと思っていた大神は深く納得する。我々も有罪率九十九・七パーセントは喜ぶべき数字ではないという、司法の実情を知ることになった。

法律談義だけでなく、「無罪病判事」と非難する識者、マスコミ、ネットの住民らの中に、詳細な判決文を読んだ者は果たしているのかという指摘も重かった。表面的な印象で非難する愚も暴き出す。そして大神は正義とは何かということに対峙し、検事として破格の一歩を踏み出す。刑事の熊澤と組んで改めて事件捜査を始めるのだが、熊澤の強引さもあって、この活躍は爽快だ。

とはいえ「無罪病判事」の印象は一転二転する。清廉に見えて、実は闇社会とつながっているのか。他にも、法定後見人の藤本弁護士の血も涙もない冷血漢ぶりは、幸彦たち家族をだましているのではないかと疑ってしまうほどだ。ここに暴力団の跡目争いがかかわり、大神が襲撃されもするし、幸彦の入学金問題も関係して事態は混沌《こんとん》を極める。しかし絡み合った糸が解きほぐされた時、目の前に現れた真相と、周辺事情にしびれた。

タイトルの「法の雨」は「法雨」を指す。「雨が万物を潤すように、仏法が衆生を救うことのたとえだ」という。司法も人々の救いの雨になるようにとの意がこめられている。法律は完全なものではない。「無罪病判事」が出した無罪判決は、ある点においては正しく、ある点においては間違っていた。こんなふうに見えていたさまざまな光景が全く変わり、そうだったのかと快哉《かいさい》を叫びたくなることこそ、下村作品を読む時の醍醐味《だいごみ》ではないだろうか。

何度でも言おう。鮮やかな筆運び。社会を見つめ、そこに横たわる問題を端的に浮き彫りにする腕の確かさ。ミステリーの構築力。持てる力をフル活用していざなってくれる下村作品は、読む者を揺さぶってくる。本書でも過たずその本領を発揮してくれた。そしてこれ以降も新しいテーマに切り込み、息をのむような驚きを生み出し続けている。

二〇二三年五月

この作品は2020年4月徳間書店より刊行されました。
なお、本作品はフィクションであり実在の個人・団体などとは一切関係がありません。

徳間文庫

法《ほう》の雨《あめ》

2023年7月15日 初刷

著者 下《しも》村《むら》敦《あつ》史《し》
発行者 小宮英行
発行所 株式会社徳間書店
東京都品川区上大崎三-一-一 〒141-8202
目黒セントラルスクエア
電話 編集〇三(五四〇三)四三四九
販売〇四九(二九三)五五二一
振替 〇〇一四〇-〇-四四三九二
印刷
製本 大日本印刷株式会社

ISBN978-4-19-894872-6 (乱丁、落丁本はお取りかえいたします)

徳間文庫の好評既刊

黙過

下村敦史

移植手術を巡り葛藤《かっとう》する新米医師――「優先順位」。安楽死を乞う父を前に懊悩《おうのう》する家族――「詐病」。過激な動物愛護団体が突き付けたある命題――「命の天秤」。ほか、生命の現場を舞台にした衝撃の医療ミステリー。注目の江戸川乱歩賞作家が放つ渾身《こんしん》のどんでん返しに、あなたの涙腺は耐えられるか。最終章「究極の選択」は、最後にお読みいただくことを強くお勧めいたします。

徳間文庫の好評既刊

呉 勝浩

マトリョーシカ・ブラッド

陣馬山《じんばさん》で発見された白骨死体。傍《かたわ》らにはマトリョーシカが埋められていた。被害者は五年前、行方不明とされ、組織ぐるみで隠蔽《いんぺい》した事件の関係者だった。神奈川県警刑事・彦坂《ひこさか》は青ざめる。その上、八王子《はちおうじ》で第二の惨殺死体が発見され、現場にはまたもマトリョーシカが……。事件を隠したい神奈川県警と反目し合う警視庁の捜査班。組織が陥《おちい》る闇に、はぐれ刑事たちの誇りが炸裂する。

徳間文庫の好評既刊

有栖川有栖

高原のフーダニット

「先生の声が聞きたくて」気だるい日曜日、さしたる知り合いでもない男の電話。それが臨床犯罪学者・火村英生を血塗られた殺人現場へいざなう一報だった。双子の弟を殺《あや》めました、男は呻《うめ》くように言った。明日自首します、とも。翌日、風薫る兵庫の高原で死体が発見された。弟と、そして当の兄の撲殺体までも……。華麗な推理で犯人に迫る二篇に加え、話題の異色作「ミステリ夢十夜」を収録！